文通天下

突 破 认 知 的 边 界

李叔同

著

笑看红尘三千丈

光明日报出版社

图书在版编目（CIP）数据

笑看红尘三千丈/李叔同著.--北京：光明日报
出版社,2024.7.--ISBN 978-7-5194-8103-2

Ⅰ.I216.2

中国国家版本馆 CIP 数据核字第 2024G1Y948 号

笑看红尘三千丈
XIAO KAN HONGCHEN SAN QIAN ZHANG

著　者：李叔同			
责任编辑：徐　蔚		责任校对：孙　展	
特约编辑：李东旭		责任印制：曹　净	
封面设计：仙境设计			

出版发行：光明日报出版社

地　　址：北京市西城区永安路 106 号，100050

电　　话：010-63169890（咨询），010-63131930（邮购）

传　　真：010-63131930

网　　址：http://book.gmw.cn

E - mail：gmrbcbs@gmw.cn

法律顾问：北京市兰台律师事务所龚柳方律师

印　　刷：河北文扬印刷有限公司

装　　订：河北文扬印刷有限公司

本书如有破损、缺页、装订错误，请与本社联系调换，电话：010-63131930

开　　本：160mm×230mm		印　　张：16
字　　数：152 千字		
版　　次：2024 年 7 月第 1 版		
印　　次：2024 年 7 月第 1 次印刷		
书　　号：ISBN 978-7-5194-8103-2		
定　　价：58.00 元		

目录

辑三　以淡字交友，以聋字止谤

辑四　士应文艺以人传

辑五　人生难得是欢聚

辑一

只今便道即今句

赵尔巽如何

俄窥蒙古，英伺西藏，而日人竟筹集三千万巨资，开设矿务公司，实行开采满洲各矿。强邻实逼，四面楚歌。新民国岂不岌岌乎其殆哉！

长白山为前清发祥之地，满政府反漠然轻视。但知崇陵之修筑，不知地利之是图。在日俄战争之前，几入俄人之掌中；日俄战争之后，又转入日人之势力范围。一矿犹可，而今各矿将采之。迹其经营之野心，非使吾东北一片领土，实隶其版图不已。三岛之民，何其设计之狠毒，而旁若无人耶！

虽然，吾不为日人咎，吾惟责吾民。囊日但服从于专制之下，而不知起而经营，坐使货弃于地，任外人之裔割。吾今为赵督告尔，宁去一官，当据条约以死争，毋以"力阻无效"四字为卸责地步。吾又愿吾民，亟起而为之后盾也。

闻济南兵变慨言

吾庄严灿烂之新民国，数百万铁血健儿造成之。乃何以破坏告终以来，某城兵变，某省兵变，警耗频传，日震击于吾人耳鼓。岂吾庄严灿烂之新民国，非破坏于数百万铁血健儿之手不已耶！

虽然，兵为凶器，勿戢自焚。彼握兵柄者，但知聚兵之术，而不知养兵之方；但知用兵之道，而不知治兵之法，吾于兵士何咎哉！

今济南之兵因停饷而哗溃，风声所播，最虑蔓延。军界诸公，速善其后，勿再纵兵以殃吾民也！

诛卖国贼

我国推翻专制政府后，全国人民举欣欣然喜色相告，曰："汉族重兴，民权恢复；大地河山，洗净腥膻秽气；庄严古国，骤增万丈荣光。吾国为共和国，吾民为自由民。快哉！快哉！"

呜呼！曾几何时，孰知吾国民前所希望者，全属梦呓。非特不能使我艰难缔造之新邦，顿改旧观，且将以我黄帝经营之祖国，不断送于专制之时，而断送于共和之日；不断送于旧日之满清政府，而断送于现时之新人物。岂非可悲乎哉！

自新政府成立以来，肉食诸公，除互争意见，计算薪俸外，第一大政见，即大声疾呼曰：大借款！大借款！袁世凯主张之，唐绍仪附和之，而自命为理财家之财政总长熊希龄，竟挺身而出，独任其艰，日与资本团磋商。其结果也，乃竟承认外人于财政上变相之监督。而犹复掩耳盗铃，粉饰天下，引为己功，而置国家于不顾。呜呼！希龄！汝具何毒心，备何辣手，而敢悍然违反我民意！贪一己目前之利禄，而忘吾民日后之困苦！汝岂尚能容于世乎！抑知国为民有，官为民仆！汝既长民国之理财，当以民心为己心，民事为己事。民国以财政之权付汝，岂非欲倚重汝，视汝为出类拔萃者乎！吾民何负于汝，而汝乃负吾民国若此！且当军政时期，各省宣告独立，财政之四分五裂，纷如乱丝，犹可言也。今五族一家，大局已定，则当实行调查全国之财政，节者节之，裁者裁之，务归统一，而后权操中央。一面竭力提倡国民捐，或发行公债票，建国义产等，暂救眉急。乃希龄独不务此，沾沾焉唯债是求，岂尚有爱吾民国之心哉！夫债非不可借，要知不受外人之监督，以免权落人手，制我命脉，而后可。今国民捐之声，南方早已众口一致。而希龄竟充耳不闻欤！北方之国民捐之不踊跃，希龄之把持借债，有以致之。观今日告人曰"可望转圜"，明日告人曰"行将成立"。其眩人耳目，令人观望。此真有意陷吾民国于灭亡之一征也。其卖国之罪，庸可胜诛哉！

呜呼！事急矣！国危矣！昏聩糊涂之政府无望矣！然民国者，吾民之国也。吾民既为国之主人，当急起而自为之。彼全无心肝之熊希龄，吾民不诛之，何待！

广告丛谈 节选

◎ ○ ○ ○

　　广告分类，由种种方面别之，为类至繁。重用绘画者，谓之绘画广告；重用文字者，谓之文字广告；或直接达其目的者，谓之直接广告；间接达其目的者（药房登录来函、医士署同人公启者，属此类），谓之间接广告。又，用于商业者，谓之营业广告；否则，可谓之非营业广告。此外，如大广告、小广告，长期广告、短期广告等。此种之分类，皆由于广告之目的，或广告之方法，然不得谓为适切之分类也。

　　适切之分类，可即其性质上别之为二：一为移动广告，一为定置广告。迹其发达之历史，两者划然各异其渊源。分类之良法，殆无有逾于是者。

移动广告，如新闻广告之类是。新闻印刷既竟，必经送递，乃可收广告之效果。故此类广告，当视其移动之迟速，判其效力之多寡。属于此类者，有传单广告、信片广告、样本广告等。

定置广告，与前正相反，有不能移动之性质，如广告板之类是。广告板矗立市衢，炫其华彩，往来行人，游睨相属，广告之效力乃显。属于此类者，有招牌广告、舞台围幕广告、公园椅子广告、电车广告等。

移动广告为自动的，定置广告为他动的。此外，又有兼自动、他动二性者，谓之中性广告。例如，月份牌广告，赠送之际，属于移动广告；及悬诸梁壁，为座右之装饰，则又属于定置广告。属于此类者，有扇子广告、酒杯广告、手巾广告等。

又，以上三种之界限，亦有相混合者。如寻常递送之新闻，为移动广告；存贮于公众阅报处之新闻，为中性广告；新闻社前所张挂之新闻，为定置广告之类是也。

○○○

广告为招徕顾客之良法。往往有同一商品，同一实价。善用广告者昌，不善用广告者亡，是固事实之不可掩者。虽廉其价，美其物，匪假力于广告，必不可获迅速之效果。反是，以广告为主位，虽无特别之廉价，珍异之物品，然能夸大言于报纸，植绘板于通衢，昼则金鼓喧阗，夜则电光炫耀。及夫顾客偕来，叮咛酬应，始啜以佳茗，继赠以彩券。选择不厌，退换不拒，其商业未有不繁昌者。

广告之重要有如此。然广告之方法，以何者为最适切欤？今大别之为三：曰货币广告，曰邮票广告，曰新闻杂志广告。

货币广告

货币为一般人所通用。无论贵贱、男女、老幼，不用货币者，殆无其人。故货币之效力，可以普及全国，流通不歇，占广告中第一位。今以一万枚货币与一万张新闻纸比较，其效力如下：

货币之流通，以每一日移入一人手计之，有一万枚货币，十日间可通过十万人手，百日间可通过百万人手。由是类推，远逮数十百年，货币之流通，正无穷期。广告之效力，亦日益扩大。新闻纸则不然。依西洋学者计算，每一张新闻纸，平均阅者八人，有一万张新闻纸，计阅者八万人。然新闻之流通，仅在当日，逮及翌朝，阅者殆稀。故谓，新闻纸一万张，阅者仅八万人，蔑不可也。较诸货币之流通，由一万而十万，而百万，其效力之多寡，何可以道里计！又，货币为人所宝贵，故遗失损坏者较少。若新闻纸，则一览无余，弃若敝屣。其寿命之延促，相去为何如邪!

昔有英国商人，于法国小银货上镌印己名，散布各处，颇得良好之效果。然用广告于货币，每为政府所禁，今无行之者。

邮票广告

邮票流通之效力，虽逊于货币，然货币仅能流通于内国，邮票则凡万国邮便联合国界内，皆可流通、自由。货币广告为内国的，邮票广告为世界的。故业外国贸易者，用邮票广告，效力尤著。但私人无制造邮票权，此不第吾国然也，世界各国靡不如是。

新闻杂志广告

新闻杂志广告，其效力虽劣于前二者，然简便易于实行。其利有三：

甲、流通最广 广告牌广告，限于一定之位置。电车广告，限于铁道之范围。手巾广告，不入贵显之堂。信札广告，不入家族之目。若新闻杂志，则无论贵族平民、老幼男女，不限于阶级，不界于远近，靡不购读传观。故新闻杂志之广告，确为实用广告之上乘。

乙、费用最廉 无论如何精妙之广告，倘费用太昂，必亏及本利。若新闻杂志广告，较他种为廉。例如，发明信片广告十万张，需资千元，此外，尚有印刷费、发送费等。若新闻广告以半版计，上海普通价值约二十元以内，其费用相差有如是。

丙、制造最速　手巾广告、板画广告等，制造需时甚久。今日商业世界，每竞争于分秒间。此种广告，殆不适于活用。若新闻广告，能于数小时内登出，故传递消息最捷。杂志广告所以次于新闻广告者，亦在此。

以上所述广告之方法，理论上首货币，邮票次之；以实行言，当推新闻杂志。又新闻广告尤为第一良法云。

◎ ◎ ◎

广告之分类，于前文已举其略。兹更综其要者，别为二十。详论如下：

（一）新闻杂志

（二）传单

（三）书籍目录

（四）书籍附张

（五）营业招徕

（六）定价表

（七）画、明信片、信封等

（八）时宪书、月份牌、日记簿、星期表等

（九）火车

（十）电车

（十一）广告伞

（十二）广告塔

（十三）板画

（十四）音乐队

（十五）舞台围幕

（十六）山林

（十七）公园椅子

（十八）电柱

（十九）扇子、酒杯、食箸、火柴等

（二十）衣帽、手巾、包袱等

新闻杂志广告

新闻杂志，种类綦繁，性质各殊，读者亦异。故登广告者，当审其新闻杂志之性质，与己所广告者适合与否，乃可收良好之效果。以上海报界论之，如《新闻报》之于商界，《民立报》之于学界，《妇女时报》之于女界，《教育杂志》之于教育界，金有密切之关系。又征诸日本报界，如《时事新报》读者多商人，《日日新闻》读者多官吏，《读卖新闻》读者多文学家，《万朝报》

读者多中学生，《都新闻》读者多优人、艺伎。人类不同，需用之物品亦各异其趣。登纸烟广告于儿童杂志，鲜有不失败者。

传单广告

传单广告之效力，虽逊于新闻杂志，然独适用于内地商店。盖内地与都市迥殊，营业规模至为狭隘。倘登广告于新闻杂志，虽名达都市，当地识者殆稀。若传单广告，最为适用。印费既廉，送递亦易。良善之法，当无有逾于是者。

书籍目录广告

书店广告，当以是为主位。故发行所或发卖所皆印有书籍目录，以备购者索取。普通书籍目录，年刊一次，或月刊一次，或用单张纸幅，或另装订成册。

中国学堂课本之编撰 节选

学堂用经传，宜以何时诵读，何法教授，始能获益？

吾国旧学，经传尚矣。独夫秦汉以还，门户攸分，人主出奴，波澜未已。逮及末流，或以笺注相炫，或以背诵为事。骛其形式，舍其精神。而矫其弊者，则又鄙经传若为狗，因噎废食，必欲铲除之以为快。要其所见，皆偏于一，非通论也。乃者学堂定章，特立十三经一科。迹其方法，笃旧已甚，迂阔难行，有断然者。不佞沉研兹道有年矣，姑较所见，以着于篇。知言君子，或有取于是焉。

（甲）区时。我国旧俗，乳臭小儿，入塾不半稔，即授以《学》《庸》。夫《大学》之道，至于平天下，《中庸》之道，极于无声臭，岂弱龄之子所及窥测！不知其不解而授之，是大愚也。知其不解而强授之，是欺人也。今别其次序，区时为三：

一，蒙养，授十三经大意。此书尚无编定本，宜由通人撮取经传纲领总义，编辑成书。文词尚简浅，全编约三十课。每课不逾五十字，俾适合于蒙养之程度。凡蒙学堂末一年用之，每星期授一课，一年可读毕三十课，示学者以经传之门径。二，小学，授《孝经》《论语》《尔雅》。《孝经》为古伦理学，虽于伦理学全体未完备，然其程度适合小学。《论语》为古修身教科书，于私德一义，言之綦翔。庄子称"孔子内圣之道在《论语》"，极有见。《尔雅》为古辞典，为小学必读之书。读此再读古籍，自有左右逢源之乐。三，中学，授《诗》、《孟子》、《书》、"春秋三传"、"三礼"、《易》、《中庸》。《诗经》为古之文集（章诚斋《诗教篇》翔言之）。有言情、达志、敷陈、讽喻、抑扬、涵咏诸趣意，宜用之为中学唱歌集。其曲谱取欧美旧制，多合用者。（余曾取《一剪梅》《喝火令》《如梦令》诸词，填入法兰西曲谱，亦能合拍。可见乐歌一门，非有中西古今之别。）如略有参差，则稍加点窜，亦无不可。欧美曲谱，原有随时编订之例，毋待胶柱以求也。《孟子》于政治、哲学金有发明。近人有言曰"举中国之百亿万群书，莫如《孟子》"，持论至当。《书经》为本国史，"春秋三传"为外交史，皆古之历史也。刘子元判史体为六家，而以《尚书》《春秋》《左传》列焉，可云卓识。"三礼"皆古制度书，言掌故者所必读。晰而言之，《周礼》属于国，《仪礼》属于家，《礼记》条理繁复，不拘一格，为古学堂之普通读本。此其异也。若夫《易经》《中庸》，同为我国古哲学书。汉儒治《易》喜言数，宋儒治《易》喜言理。然其立言，皆不无偏宕，学者宜会通观之。《中庸》自《汉书·艺文志》裁篇别出，后世刊行者皆单行本。其理想精髓，决非小学所能领悟，中学程度授之以此，庶几近之。

（乙）窜订。笃旧小儒，其斥人辄曰："离经叛道。"是谬说也。经者，世界上之公言，而非一人之私言。圣人不以经私诸己，圣人之徒不以其经私诸师。兹理至明，靡有疑义。后世儒者，以尊圣故，并尊其书。匪特尊其书，并其书之附出者亦尊之，故十三经之名以立。而扬雄作《法言》，人讥其拟《论语》；作《太玄》，人讥其拟《易》。王通作《六籍》，人讥其拟圣经（这里的圣经是指儒家经典及为经典所作的注解文字——编者注）。他若毛奇龄作《四书改错》，人亦讥其非圣无法。以为圣贤之言，亘万古，袠九垓，断无出其右者，且非后人可以拟议之者。虽然，前人尊其义，因重其文；后儒重其文，转舍其义。笺注纷出，门户互争。《大学》"明德"二字，汉儒据《尔雅》，宋儒袭佛典，其考据动数千言。秦延君说《尧典》篇目，两字之说十万言。说"曰若稽古"四字三万言。甚至一助词、一接续词之微，亦反复辩论，不下千言。一若前人所用一助词、一接续词，其间精义，已不可枚举。亦知圣贤之微言大义，断不在此区区文字间乎！矧夫晚近以还，新学新理，日出靡已，所当研究者何

静看檐蛛结网低

无端妨碍小虫飞

蜻蜓倒挂蜂儿窘

催唤山童为解围

宋 范大成 诗

静看檐蛛结网低，无端妨碍小虫飞。
蜻蜓倒挂蜂儿窘，催唤山童为解围。

催唤山童为解围

催唤山童为解围

限，其理想超轶我经传上者又何限！而经传所以不忍遽废者，亦以国粹所在耳。一孔之儒，喜言高远，犹且故作伟论，强人以难。夫强人以难，中人以下之资，其教育断难普及，是救其亡，适以促其亡也。与其故作高论促其亡，曷若变通其法蕲其存！变通其法，舍删窜外无他求。删其冗复，存其精义；窜其文词，易以浅语，此删窜之法也。若夫经传授受之源流，古今经师之家法，诸儒笺注之异同，必一一研究，最足害学者之脑力，是求益适以招损。今编订经传释义，皆以通行之注释为准，凡异同之辨，概付阙如，免淆学者之耳目。此订正之法也。

《孝经》《论语》皆小学教科书，删其冗复，存者约得十之六七。易其章节体为问答体（如近编之《地理问答》《历史问答》之格式是）。眉目清晰，条理井然，学者读之，自较章节体为易领会。唯近人编辑问答教科书，其问题每多影响之处。答词不能适如其的，不解名学故也。脱以精通名学者任编辑事，自无此病。

《尔雅》前四篇，鲜可删者，其余凡有冷僻名词不经见者，宜酌为删去。原文简明，甚便初学，毋俟润色。《尔雅图》，可以助记忆之力，宜择其要者补入焉。

《诗经》作唱歌用，体裁适合，无事删润。

《孟子》亦宜改为问答体，删润其原文，以简明为的。近人《孟子微》，颇有新意，可以参证。

《尚书》原文，最为奥衍。宜用问答体，演成浅近文字。

"春秋三传"，唯《左传》纪事最为翔实。刘子元《申左篇》尝言之矣。今当统其事实之本末，编为问答体（或即用《左传纪事本末》为蓝本，而删润其文），以为课本。其《公》《谷》"二传"，用纪事本末体，略加编辑，作为参考书。

近人孙诒让撰《周礼政要》，取舍綦当，比附亦精，颇可用为教科书。近今学堂用者最多。唯论词太繁。宜总括大义，加以润色。每节论词，不可逾百字。

《仪礼》宜删者十之八，仅通大纲已足。《礼记》宜删者十之六。以上两种，皆用问答体。

我国言《易》《中庸》，多涉理障。宜以最浅近文理，用问答体为之。

问答体教科书，欧日小学堂有用之者。我国今日既革背诵之旧法，而验其解悟与否，必用问答以发明。唯经传意义艰深，条理紊杂，以原本授学者，行问答之法，匪特学者不能提要钩元，为适合之答词，即教者亦难统括大意，为适合之问题。（今约翰书院读《书经》《礼记》《孟子》《论语》等，佥用原本教授，而行问答之法。教者、学者两受其窘。）吾谓，编辑经传教科书，泰半宜用问答体，职是故也。

呜呼，处今日之中国，吾不敢言毁圣经，吾尤不忍言尊圣经。曷言之？过渡时代，青黄莫接。向之圣经，脱骤弃之若敝屍，横流之祸，吾用深惧。然使千百稔后，圣经在吾国犹如故，而社会之崇拜圣经者，亦如故。是尤吾所恫心者也。……我族开化早于他国，二千稔来，进步盖鲜。何莫非圣经不死有以致之欤！一孔之士，顾犹尊之若鬼神，宝之若古董，譬诸日月经天，江河行地。是亦未审天演之公例也。前途茫茫，我忧孔多。撰《学堂用经传议》既竟，附书臆见如此。愿与大雅宏达共商榷焉。

行己有耻使于四方不辱君命论

间尝审时度势，窃叹我中国以仁厚之朝，而出洋之臣，何竟独无一人能体君心而达君意者乎？推其故，实由于行己不知耻也。《记》曰："哀莫大于心死。"心死者，诟之而不闻，曳之而不动，唾之而不怒，役之而不惭，刲之而不痛，糜之而不觉。则不知耻者，大抵皆心死者也。其行不甚卑乎！

……然而我中国之大臣，其少也不读一书，不知一物，以受搜检。抱八股韵，谓极宇宙之文。守高头讲章，谓穷天人之奥。是其在家时已忝然无耻也。即其仕也，不学军旅，而敢于掌兵。不识会计，而敢于理财。不习法律，而敢于司理。瞽聋跛疾，老而不死；年逾耄颐，犹恋栈豆。接见西官，栗栗变色。听言若闻雷，睹颜若谈虎。其下焉者，饱食无事，趋衙听鼓，旅进旅退，濡濡若驱群豕，曾不为耻。

是其行已如是。一旦衔君命，游四方……见有开矿产者，有习格致者，有图制作者，彼将曰区区小道，吾儒不屑为也。其实彼则不识时务者也。……此所以辱君命者。然则所耻者何？亦耻己之所不能者耳。己之所不能者，莫如各国之时务。首考其地理，次问其风俗，继稽夫人心。又必详察夫天文，观其分野而知其地舆。今日者，人臣苟能于其所不能而耻者……使于四方，又何至贻强邻之讪笑，而辱于君命乎？

吾尝考之：苏武使匈奴，匈奴欲降之，武不从，置窖中六日，武啮雪得不死。又迁之北海，卒不屈。是其不辱君命，非其行已有耻故乎！……虽羞恶之心，人皆有之。而何以今天下安于城下之辱，陵寝之蹂躏，宗社之震恐，边民之涂炭，而不思一雪，乃托虎穴以自庇。求为小朝廷，以乞旦夕之命，非明明无耻乎？朝睹烽燧，则苍黄瑟缩；夕闻和议，则歌舞太平。其人犹谓为有耻不得也。

西湖夜游记

　　壬子七月，予重来杭州，客师范学舍。残暑未歇，庭树肇秋，高楼当风，竟夕寂坐。越六日，偕姜、夏二先生游西湖。于时，晚晖落红，暮山披紫，游众星散，流萤出林。湖岸风来，轻裾致爽。乃入湖上某亭，命治茗具。又有菱芰，陈粲盈几。短童侍坐，狂客披襟，申眉高谈，乐说旧事。庄谐杂作，继以长啸，林鸟惊飞，残灯不华。起视明湖，莹然一碧，远峰苍苍，若隐若现。颇涉遐想，因忆旧游。曩岁来杭，故旧交集，文子耀斋，田子毅侯，时相过从，辄饮湖上。岁月如流，倏逾九稔。生者流离，逝者不作，坠欢莫拾，酒痕在衣。刘孝标云："魂魄一去，将同秋草。"吾生渺茫，可喟然感矣！漏下三箭，秉烛言归。星辰在天，万籁俱寂。野火暗暗，疑似青磷；垂杨沉沉，有如酣睡。归来篝灯，斗室无寐，秋声如雨，我劳如何？目瞑意倦，濡笔记之。

乐石社记

粤若稽古先圣，继天有作。创造六书，以给世用。后贤踵事，附庸艺林。金石刻画，实祖缪篆。上起秦汉，下逮珠申。彬彬郁郁，垂二千年，可谓盛矣。世衰道微，士不悦学。一技之末，假手隅夷。兽蹄鸟迹，触目累累。破觚为圆，用夷变夏。典型沦丧，殆无讥焉。

不佞无似，少耽痂癖。结习所存，古欢未坠。曩以人事，羁迹武林，滥竽师校。同学邱子，年少英发。既耽染翰，尤嗜印文。校秦量汉，笃志爱古。遂约同人，集为兹社，树之风声，颜以乐石。切磋商兑，初限校友。继乃张皇，他山取益，志道既合，声气遂孚。自冬徂春，规模浸备。复假彼故宫为我社址。西泠印社诸子，觥觥先进，勿弃葑菲。左提右挈，乐观厥成，兹可感也。

不佞昧道懵学，文质靡底。前无老马，尸位经年。伏念雕虫篆刻，壮夫不为。而雅废夷侵，贤者所耻。值猖狂颓靡之秋，结枯槁寂寞之侣。足音空谷，幽草寒蛩。纵未敢自附于国粹之林，倘亦贤乎博弈云尔。爰陈梗概，备观览焉。乙卯六月李息翁记。

辛丑北征泪墨

游子无家，朔南驰逐。值兹离乱，弥多感哀。城郭人民，慨怆今昔。耳目所接，辄志简篇。零句断章，积焉成帙。重加厘削，定为一卷。不书时日，酬应杂务。百无二三，颜曰：《北征泪墨》，以示不从日记例也。

辛丑初夏，惜霜识于海上李庐。

光绪二十七年（1901年）春正月，拟赴豫省仲兄。将启行矣，填《南浦月》一阕海上留别词云：

　　杨柳无情，丝丝化作愁千缕。惺忪如许，萦起心头绪。谁道销魂，尽是无凭据。离亭外，一帆风雨，只有人归去。

越数日启行，风平浪静，欣慰殊甚。落日照海，白浪翻银，精彩眩目。群鸟翻翼，回翔水面。附海诸岛，若隐若现。是夜梦至家，见老母室人作对泣状，似不胜离别之感者。余亦潸然涕下。比醒时，泪痕已湿枕矣。

途经大沽口，沿岸残垒败灶，不堪极目。《夜泊塘沽》诗云：

> 杜宇声声归去好，天涯何处无芳草。
>
> 春来春去奈愁何？流光一霎催人老。
>
> 新鬼故鬼鸣喧哗，野火磷磷树影遮。
>
> 月似解人离别苦，清光减作一钩斜。

晨起登岸，行李冗赘。至则第一次火车已开往矣。欲寻客邸暂驻行踪，而兵燹之后，旧时旅馆率皆颓坏。有新筑草舍三间，无门窗床几，人皆席地坐，杯茶盂馔，都叹阙如。强忍饥渴，兀坐长喟。至日暮，始乘火车赴天津。路途所经，庐舍大半烧毁。抵津城，而城墙已拆去，十无二三矣。侨寄城东姚氏庐，逢旧日诸友人，晋接之余，忽忽然如隔世。唐句云："乍见翻疑梦，相悲各问年。"其此境乎！到津次夜，大风怒吼，金铁皆鸣，愁不成寐，诗云：

> 世界鱼龙混，天心何不平！

岂因时事感，偏作怒号声。

烛尽难寻梦，春寒况五更。

马嘶残月坠，笳鼓万军营。

居津数日，拟赴豫中。闻土寇蜂起，虎踞海隅，屡伤洋兵，行人惴惴。余自是无赴豫之志矣。小住二旬，仍归棹海上。

天津北城旧地，拆毁甫毕。尘积数寸，风沙漫天，而旷阔逾恒，行道者便之。

晤日本上冈君，名岩太，字白电，别号九十九洋生，赤十字社中人，今在病院。笔谈竟夕，极为契合，蒙勉以"尽忠报国"等语，感愧殊甚。因成七绝一章，以当诗云：

杜宇啼残故国愁，虚名遑敢望千秋。

男儿若论收场好，不是将军也断头。

越日，又偕赵幼梅师、大野舍吉君、王君耀忱及上冈君，合拍一照于育婴堂，盖赵师近日执事于其间也。

居津时，日过育婴堂，访赵幼梅师，谈日本人求赵师书者甚多。见予略解分布，亦争以缣素嘱写，颇有应接不暇之势。追忆其姓名，可记者，曰神鹤吉、曰大野舍吉、曰大桥富藏、曰井上信夫、曰上冈岩太、曰塚崎饭五郎、曰稻垣几松。就中大桥君有书名，予乞得数幅。又丐赵师转求千郁治书一联，以千叶君尤负盛名也。海外墨缘，于斯为盛。

北方当仲春天气，犹凝阴积寒。抚事感时，增人烦恼。旅馆无俚。读李后主《浪淘沙》词"帘外雨潺潺，春意阑珊。罗衾不耐五更寒"句，为之怅然久之。既而，风雪交加，严寒砭骨，身着重裘，犹起栗也。《津门清明》诗云：

> 一杯浊酒过清明，筋断樽前百感生。
> 辜负江南好风景，杏花时节在边城。

世人每好作感时诗文，余雅不喜此事。曾有诗以示津中同人。诗云：

> 千秋功罪公评在，我本红羊劫外身。
> 自分聪明原有限，羞从事后论旁人。

北地多狂风，今岁益甚。某日夕，有黄云自西北来，忽焉狂风怒号，飞沙迷目。彼苍苍者其亦有所感乎！

二月杪，整装南下，第一夜宿塘沽旅馆。长夜漫漫，孤灯如豆，填《西江月》一阕词云：

残漏惊人梦里，孤灯对景成双。前尘渺渺几思量，只道人归是谎。

谁说春宵苦短，算来竟比年长。海风吹起夜潮狂，怎把新愁吹涨？

越日，日夕登轮。诗云：

> 感慨沧桑变，天边极目时。
> 晚帆轻似箭，落日大如箕。
> 风卷旌旗走，野平车马驰。
> 河山悲故国，不禁泪双垂。

开轮后，入夜管弦嘈杂，突惊幽梦。倚枕静听，音节斐靡，飒飒动人。昔人诗云：

> 我已三更鸳梦醒，犹闻帘外有笙歌。

不图于今日得之。

舟泊燕台，山势环拱，帆樯云集，海水莹然，作深碧色。往来渔舟，清可见底。登高眺远，幽怀顿开。诗云：

澄澄一水碧琉璃，长鸣海鸟如儿啼。

晨日掩山白无色，□□□□^①青天低。

午后，偕友登燕台岸小憩，归来已日暮。□□□开轮。午餐后，同人又各奏乐器，笙琴笛管，无美不□。迭奏未已，继以清歌。愁人当此，虽可差解寂寥，然河满一声，奈何空唤；适足增我回肠荡气耳。枕上口占一绝，云：

子夜新声碧玉环，可怜肠断念家山。

劝君莫把愁颜破，西望长安人未还。

---

① 四字不明，后文同。

辑二

慈悲在心，随处皆可作画

近世欧洲文学之概观

中世古典派文学（Classic）瑰伟卓绝，磅礴大宇，及18世纪初期，其势力犹不少衰。操觚簪笔家金据是为典则。其后承法兰西革命影响，而热烈真挚之诗风，乃发展为文艺界一大新思潮，即传奇派（Romantic）是。迨至19世纪，基于自然之进步，现实观之发达，乃更尚精致之描写，及确实之诗材，而写实主义与自然主义遂现于19世纪后半期。及夫末叶，反动力之新理想派，乃萌芽于欧洲。

英吉利文学

当18世纪之末叶，冷索单调之诗文，浸即衰废。研究古诗民谣者日益众，故其文学富于清新之趣。至1798年，W. Wordsworth与S. T. Coleridge合著之《抒情诗集》（*Lyrical Bollades*）乃现于世。两氏唱诗文之革新，为真挚文学之先驱，世称为近世诗学之祖，又谓1798年为英吉利文学诞生之年。W. Wordsworth（1770—1850）之作品不炫奇异，然清新高远、热情奔放为其特长。S. T. Coleridge（1772—1834）学问深邃，思想幽渺，且具锐利之批评眼，其作品以格调之真挚、押韵之自由为世所叹赏，门人友戚受彼之感化者甚众。

其后Walter Scott（1771—1832）、George Gordon Byron（1788—1824）两大家出。Scott有戏曲的天才，其文雄健，其诗丰丽，为历史小说之祖。Byron之诗，久传诵于世界大陆，近世文学颇受其感化。Byron贫困又苦于家室之累，因于1824年去故国，投希腊独立军，遂死其地。

Percy Bysshe Shelley（1792—1822），亦因教权之压抑，避居南欧，为薄命理想之诗人。其作品幽婉高妙，且示神秘之倾向。

承大革命影响之诗风，止于Shelley。其时又有以卓绝之才识开辟一新诗风者，即John Keats（1795—1821）是。他所著之诗，凡古典之精神及绚烂之色彩，两者兼备。故外形内容皆纯洁完美，无毫发憾。

Alfred Tennyson（1809—1892），世称为19世纪集大成之诗家。其名著 *The Princess*（1847年出版）、*In Memoriam*（1850年

出版）、*Idyls of the King*（1859年出版）为世所传诵。

Robert Browning（1812—1889）与 Tennyson 齐名，以笔力之怪郁，涉想之高峻称于世。

此外 Dante Gabriel Rossetti（1828—1882）及 William Morris（1834—1896）共于绘画界受 Pre-Raphaelitism 派之感化。其抒情诗篇，写中古之趣味及敬虔之信念。

Algernan Charles Swinburne（1837—1909），亦属此派，学问深邃，以诗歌之形式美，卓绝于现代之文坛。

本世纪之小说界，Scott 颇负盛名，至 Victoria 时代，Charles Dickens（1812—1870）及 William Makepeace Thackeray（1811—1863）两大家出，前者善描写市街之光景及下民之状态；后者善以轻妙之语调描写上流绅士社会之表里，共于小说界放一异彩。

George Eliot（1816—1880）及 Charles Kingslay（1819—1875）亦以思想之高远与语调之雄浑名于时。至最近 Stavanson（1850—1894）以劲健洒脱之文体，作美文小说。Meradith（1828—1909）以高远之思想，精微之观察，雄飞于现代文坛。其他 Charles Lemb（1775—1834）和 De Quincey（1785—1859），共以独特之散文、随笔负盛名。

至本世纪之中叶，英吉利批评大家有 Carlyle 及 Macaulay，其后 Ruskin-Arnold-Pater-Symonds 等相继兴起，为评论界放灿烂之光彩。

Carlyle（1791—1881），思想雄浑，笔力遒劲，著有《英雄崇拜论》（*Hero worship*）传诵一时。彼始于文艺批评，其后渐进于社会批评、文明批评之方面。

Macaulay（1800—1859），其前半生为政界之伟人，作印度帝国之基础；后半生为批评家，执评坛之牛耳。其大作《英吉利史》为不朽之名著。

Ruskin（1819—1900），世称为19世纪之预言家，于英吉利为美术评论之先辈。其代表之大作为《近世画家论》（*Modern Painters*），力持自然主义，为美术界所惊叹。此外，研究艺术之著述有《建筑七灯》（*The Seven Lamps of Architecture*）等，评论正确，文章亦幽丽可诵。

Arnold（1820—1888），思想雄大高峻，且富于雅趣，实在Ruskin之上。1865年出版之《批评论集》（*Essays in Criticism*）为其代表之作。

以上所述之Ruskin及Arnold二氏，为19世纪中叶以后批评坛之代表。

Pater（1839—1894），精于修辞，其文体足冠近代。著有《文艺复兴史之研究》（*Studies in the History of the Renaissance*），关于文学美术，研究精审，颇多创解。

Symonds（1840—1893）与Pater同精于文艺复兴期之研究，著有《意大利文艺复兴论》（*The Renaissance in Italy*）。Symonds

母鷄有群兒

一兒最偏愛

嬌癡不肯行

常伏母親背

子愷補題

母鸡有群儿，一儿最偏爱。

娇痴不肯行，常伏母亲背。

褵负其子

于评论文学美术外，兼及于政治宗教之方面。

19世纪剧坛名家，以Pinero（1855—?）、Henry Arthur Jones（1855—?）、Shaw（1856—?）等最负盛名。

（此文原有多章，1913年春作于杭州浙江一师，曾刊于浙一师校刊《白阳》，因《白阳》只出诞生号一期，故仅刊出第一章《英吉利文学》，余已散失——编者注）。

西洋乐器种类概说

西洋乐器之分类有种种之方法，兹依最普通之分类法，分为弦乐器、管乐器、击乐器及金制乐器四种。

弦乐器

弦乐器分为二种，一为用弓之弦乐器，一为弹拨之弦乐器。兹分述之如下：

用弓弦乐器

小四弦提琴 Violin 于弦乐器中属于最高音部。其音色幽艳明畅，富于表情，强弱自由，能现音度之微细，为合奏之乐器，又可独奏，常占乐器之王位。其起源言人人殊，然由亚东传来，殆无疑义。然古时之制粗略不适用。至17世纪之末叶，制法始完备如今日之形状。小四弦提琴其调弦之法，若四弦合之，音域可达于三个八音半。其奏法以马尾张弓，磨擦弦上。

中四弦提琴Viola Alto　较小四弦提琴之形稍大，其制法无稍异；但其音各低五度。四弦合奏时常属于中音部，音色稍有幽郁沉痛之感，独奏时有一种男性的热情。

大四弦提琴Cello　其形与前同，但甚大，奏时当正坐，以两腿挟其下体。合奏时属于低音部，独奏时亦有特别之趣味。

最大四弦提琴Double Bass　其形较前犹大，高过人顶。合奏时属于最低音部，奏时须直立。形状太大，故其技巧不如前三者，不能独奏。

以上四种乐器，为弦乐中之主要，其音域至广。

弹拨弦乐器

竖琴Harp　普通者有四十六弦，由踏板可以变易调子。管弦合奏时，用圆底提琴Mandolin，腹面为扁平之半球形，有四弦。调弦法与小四弦提琴同。

六弦提琴Guitar　形较小四弦提琴稍肥，有六弦。

长提琴Banjo　腹圆颈长，形较前者稍大，有四弦。

以上三种乐器，管弦合奏时，不加入。

管乐器

管乐器分木制管乐器及金制管乐器两种。木制者其音色有柔婉温雅之特色，金制者有豪宕流畅之表情，用时虽不如弦乐能传写乐曲之精微，然其音色丰富洪大，为其特色。兹分述之如下：

木制管乐器

横笛Flute 于管弦合奏时，常与小四弦提琴共占最高音部之位置。又横笛中又有小横笛Piccolo一种，其音更高。横笛之音量不大，然清澄明快，于管乐中罕见其匹。

竖笛Oboe 与横笛同属于最高音部。又在同类之中，竖笛English horn属于中音部。次中竖笛Bassoon属于次中音部。大竖笛Fagotto属于低音部。是种皆有口簧，依其振动发音。其音色皆带忧郁之气，有引人之魔力。

单簧竖笛Clarinet 与竖笛相似，但口簧仅有一个；又口形之构造亦稍异。此种乐器，可依调之如何而更变。其乐器共有A调、B调、C调三种，表情丰富，强弱自由，又有低音单簧竖笛Bass Clarinet，其音较低。

金制管乐器

高音部喇叭Trumpet 其音勇壮活泼，但易流于粗野。

小高音部喇叭Cornet　与前者相似，其音色稍柔。

细管喇叭Trombone　有中音、次中音、低音三种，音色壮大豪宕，能奏强音，为管乐中第一。

猎角式喇叭Horn　又名French horn，为管乐器中最富于表情者。音色有优美可怜之致。

新式喇叭　为近世改良者，有最高音、高音、中音、次中音、低音、最低音六种。然管弦合奏时，用者甚稀。至近时用者仅有低音一种。

浅谈西画 节选

这次应马先生之邀，来此与大家探讨一些有关西洋绘画艺术之话题，余虽所知尚浅，然承蒙诸位抬爱，盛情难却，故敝人自得勉力为之！

首先，余从西洋绘画史说起，并于中举一些名作加以评析，以供诸君作一概貌之了解。西画源流，亦如国画一般久远，可谓"源远流长"。

言及西洋绘画，多指欧洲历史延伸下来之文明体系，而欧洲文明最早达到艺术高峰的是古希腊、古罗马，西洋美术史称为"古希腊、古罗马艺术"，此中历经欧洲中世纪之变革，于14世纪初至16世纪末这段时期，迎来了西方艺术第二次顶峰，即伟大之"文艺复兴运动"。

以下，敝人将以西洋艺术大师生平或其代表画作加以介绍与评析，以飨诸位！

文艺复兴时期欧洲绘画

因古史繁杂，难以考研，今从近代最具影响之"文艺复兴"讲起。首先，当略讲述"文艺复兴"之由来。

"文艺复兴"一词源自意大利语"rinascita"，意为"再生"或"复兴"。14—16世纪，欧洲发生的"文艺复兴运动"，实为一场伟大之思想与文化的解放运动。于此运动，新兴之资产阶级将中世纪文化视为黑暗、倒退，而将希腊、罗马之"古典文化艺术"评为"光明""高雅"之典范，力图将其复兴。

"文艺复兴"起源自意大利国，后蔓延至整个欧洲，于文学、绘画、雕塑、音乐等多个领域均引起空前之革新，故而影响深远，终成波澜壮阔之文化景观。

下面，余为诸位列举几位"文艺复兴"时期欧洲绘画的名家及其代表作品，略作评介，望诸位借鄙人的妄谈浅说，能对"文艺复兴"时期的欧洲绘画有所知晓。

波提切利

波提切利乃"文艺复兴"时期，翡冷翠（今译为佛罗伦萨）

画派的最后一位画家。他于1486年创作的《维纳斯的诞生》，可谓杰作。

该画最大特色是对人物神情之描写，以及颜色搭配等，并能将人物内心惟妙惟肖表达出来，给人一种美感或净化之感受；其次，时值基督教会统治之下，因宗教保守之影响，袒露之画法似有不妥，因赤裸之人体在当时被视为亵渎或诱惑，甚而成为"异教"，故此画风大体不为世人所接受，可见此画于彼时当属创新之举。

再者，此画师之贡献在于，其巧妙运用了新的绘法，在继承并发展了中世纪之装饰风格处，尚创造出一种线条明确、节奏感强之画风，予人精致、明快、洁净之独特画风，为世人称道。

达·芬奇

达·芬奇（Leonardo da Vinci）乃文艺复兴盛期之首位大师，其与画家米开朗琪罗、拉斐尔共被誉为"文艺复兴三杰"。其精力过人，多才多艺，除绘画外，尚通晓力学、光学、天文学、地理学、解剖学、植物学、机械工程学、地质学、兵器学、水利学和土木工程学，且在众多领域多有建树，真可谓是"奇才"。

达·芬奇是一位颇具人文思想的艺术家，有"为世服务、造福于民"之人生观与艺术观；且为理论与实践、艺术与科学结合之典范人物。其作《最后的晚餐》和《蒙娜丽莎》，代表了达·芬奇在美术方面之辉煌成就。达·芬奇作画，善于描绘局部之细微，尤善以人物肢体动作来表达其内心之情感，往往在一举手、一投足间留下深刻而丰富之蕴涵，《最后的晚餐》即是用如此手法，将画中人物内心表露无遗！多有画作描绘基督与十二门徒之最后晚餐，然其中空前之作当属达·芬奇所绘。其画作构思巧妙，布局卓越，细微写实之处及严格的体面关系引人入胜，使观者有如身临其境。画中人物举手投足之神态，亦刻画得极细入微，惟妙惟肖。性格之描绘契合画题之主旨，及构图多样而统一，使之不愧为西画作品之经典。

弗朗索瓦·克鲁埃

弗朗索瓦·克鲁埃（Francois Clouet），乃16世纪法国枫丹白露画派大画家让·克鲁埃之子——枫丹白露画派乃16世纪活跃于法国宫廷之美术流派。此流派形成于1530年前后，法国国王法兰西一世将不少意大利画家请至法国，为其位于枫丹白露之宫殿创作壁画与雕刻。以此为缘，诸法国画家与来法之意大利艺术家交往甚密，交流之余自然形成了一种独特之画风，此画派后人称之为"枫丹白露画派"。所创作之作品多是体现"样式主义"风格。

弗朗索瓦·克鲁埃继承其父之传统，其精美的垩笔素描颇具独立之审美。除肖像画之外，弗朗索瓦·克鲁埃还创作了诸多神话故事题材。《贵妇人出浴》为其代表作，画中妇人虽袒露身体，构图却依然予人写实的半身肖像画之感，构思巧妙地展现了贵族的生活。

这幅作品通过巧妙的构思将宫廷贵妇的生活不动声色地表达了出来。作品的背景是一间豪华闺房，房中的女仆正在收拾屋子，而那名贵妇在浴缸里裸着上身，右手握着一支羽毛笔，左侧有一位正在哺乳的保姆，而旁边一个小男孩正在偷窃浴缸搁板上的水果。据相关资料考证，这位贵妇实际上是法国国王查理九世的情人玛利亚·图舍。

17世纪欧洲绘画

人云，15、16世纪文艺复兴时期的艺术家们是把"艺术从宗教拉回了人间"，那么也可说，包括绘画在内的17世纪欧洲美术，是对这一现实（或现世）人间艺术进一步的发展作出了贡献。不过，随着资本主义的快速成长、人文主义的深入传播以及宗教势力的顽固抵抗，使得这一发展充满了曲折和多样性。

最初，文艺复兴时期的绘画在表达人文主义思想时尚无脱离宗教题材；而至17世纪的欧洲绘画，却勇敢地走出了宗教影响，使得现实的世俗的人物画、肖像画、风景画、静物画乃至裸体人像画普遍繁荣起来，表现了上流社会在现实生活中的安定、富足及享乐。

再者，文艺复兴时期的绘画崇尚"和谐、宁静、理想"之美；而17世纪的欧洲绘画则强调打破和谐、崇尚自然，主张源于真实、自然之美，并因此丰富了绘画艺术的表现手段。于是，在此背景之下，意大利、荷兰和西班牙相继出现了"现实主义"画派——这些艺术家深入下层社会、了解百姓生活，因之，作品带有明显的写实主义风格和社会批判色彩。

17世纪之欧洲素有"巴洛克时代"之称，"巴洛克"是一种包括绘画、音乐等在内的美术表现形式，因其符合民众需求及宫廷贵族之好，终成为宗教和封建贵族的"正统艺术"，并在17世纪风靡欧洲。

卡拉瓦乔

卡拉瓦乔乃17世纪意大利最伟大之现实主义画家。生于伦巴第省卡拉瓦乔小镇一建筑师家庭，11岁时移居米兰，后随著名画家西蒙·彼得尔查诺学习绘画。在西蒙·彼得尔查诺的影响下，卡拉瓦乔接触过"样式主义"艺术，但对其影响最深的当属文艺复兴时一些大师之作，及伦巴第下层百姓悲惨现实之生活。

自1597年起，卡拉瓦乔进入其绘画创作生涯之盛期。画家彻底克服了"样式主义"之影响，独辟蹊径，将其于风俗画中所得之新法运用于宗教绘画之中，从而在宗教绘画创作上获得重大突破。1592—1602年，卡拉瓦乔在一次争吵中误杀一人，故而不得不离开罗马，迁移那不勒斯，至此开始流浪生涯。然则，流浪生涯亦使画家有机会接触下层百姓之真实生活，最终成为敢于歌颂普通百姓之伟大艺术家。

卡拉瓦乔盛期之作有《圣母之死》和《圣保罗的改革》等；从1606—1610年，在卡拉瓦乔创作晚期，其作品有《洗礼者约翰的斩首》《圣路乔的埋葬》等作品；其杰出之画作为《基督的降临》和《基督的笞刑》，作品中之画面色调浓重，其特殊处理之法，亦被后人称之为"黑绘法"。

卡拉瓦乔逝于1610年，年仅37岁；死后，其风格为各国"现实主义"画家所继承，时人称其画风为"卡拉瓦乔之现实主义"。

《基督在以马忤斯的晚餐》亦为卡拉瓦乔代表作之一，描绘《圣经》中"基督复活"之情节。在作品中，卡拉瓦乔选择门徒突然认出基督后内心的震惊作为创作之要点，采取的是短缩透视手法；画面背景为暗黑色墙壁，一束亮光照于基督脸上，以红、白对比之法，使之成为画面中心；而摆在桌上的水果，有的已熟透，有的已裂开，有的则变质，借此，表达画家之精神或信仰上帝与基督乃永恒不灭之神。

卡拉瓦乔有一信念，即事实无论美与不美，画者都应忠实于它，若能将其真实表现，即是佳作。此番论述被时人批评为"粗行遍江村未有梅，一华忽向暖枝开。
黄蜂何处知消息，便解寻香隔舍来。

黄蜂何处知消息　便解寻香隔舍来

鲁之自然主义",而后世之人则称之为"卡拉瓦乔之写实主义",因其能令欣赏者从内心生起虔敬之心。

鲁本斯

"巴洛克"(Baroque)一词乃"奇形怪状""矫揉造作"等意,其最初为18世纪末"新古典主义"艺术家用来嘲讽17世纪之艺术之语,说此派画风有违"古典艺术"之典范,为贬义之词。

巴洛克美术源于17世纪意大利之罗马,后盛行于全欧,其成就多体现于建筑、雕刻、绘画、音乐诸方面,以热情奔放、华丽大度及运动感强为典型风范。

"巴洛克美术"多讲究光线之运用,强调作品中之局部或精神气质,且追求写实特性,注意人物之性格心理,且注意外部造型之匀称,追求和谐;画家们喜以寓意或象征手法来表达画作内涵,力图表现人物深层之内在心理,或表达神秘之视觉感受。"巴洛克"风格中,最杰出之代表为画家鲁本斯(Peter Paul Rubens)。

画作《劫夺留西帕斯的女儿》以动静及色彩强烈对比而构图,于中尚有宁静与神圣之表达,故而不觉野蛮,小天使之出现,令人无暴戾之感,似为本能而延伸之游戏。鲁本斯之天赋,可从其色彩及赋予作品以活力中得以窥见。

伦勃朗

西洋画师伦勃朗早年曾师从威楞柏格、拉斯特曼学习绘画，且吸收卡拉瓦乔之"明暗法"并有所创新，后形成自己独特之艺术风格。1623年，伦勃朗因创作《杜普教授之解剖课》而一举成名，并与贵族之女莎士基亚结成连理。此间，其佳作不断，如《画家和他的妻子》《基督受难》《圣家族》和《丹娜厄》等。

《丹娜厄》取材于希腊神话：被囚禁在铜塔中的丹娜厄，与化作金雨的神——宙斯结为情侣。长期以来，这一题材被许多画家所喜爱。在这一幅画中，伦勃朗以自己的妻子为模特，塑造了一位妩媚的女性形象。

后因伦勃朗艺术之求与权贵产生矛盾；加之爱妻离世，备受打击；同年，其巨作《夜巡》因人物排列问题遭到订画人反对，故而心情忧郁。此后，伦勃朗开始创作《圣经》故事画作，同时亦有肖像画与风景画，其作品具色彩温暖、明暗分明之特点，而体裁丰富、造型微妙。

晚年，乃为画家生活最困难之时——因订画之人日少，收入几无；1662年，伦勃朗第二位夫人不幸逝世；六年后，其爱子亦离人间，可谓不幸中之不幸。然而生活之不幸并未摧折伦勃朗之坚强意志和创造力；反之，其最伟大之肖像作品——《呢绒公会理事们的肖像》《大卫在索罗门前弹琴》《浪子回家》等，即在此段艰难岁月所创。1669年10月10日，伦勃朗不幸病逝。

伦勃朗一生创作之作品极多，虽已遗失不少，尚留下五百余幅油画、二百余幅蚀刻版画及一千五百余幅素描，为荷兰不可多得之"现实主义"作品。

说起此幅《夜巡》作品，尚有一段让人省思之背景：虽《夜巡》花费伦勃朗之大量心血，而此画却为伦勃朗引来一场极为不利之诉讼——因这幅之订购者乃阿姆斯特丹射击公会，而成员因同等之钱财却不能占有同等显著之地位，故而向伦勃朗提出抗议，讨返画金之余尚对伦勃朗大肆攻击，由此可见艺术家之不易；加之伦勃朗曾以妻子为模特画过宗教题材之作品，故而遭到维系传统道德之人的非议。于是，不幸随之而来：不仅订画者疏远于他，而其爱妻不久亦离开人世，可叹人世之无常！

委拉斯开兹

画家委拉斯开兹（Diego de Silvia Velazquez，1599—1660），1599年生于塞维利亚。少年时曾师从著名画家巴契科学习绘画技法，17岁即获得"艺术家"之称号，可见其天赋不同一般。

其创作之时所观之对象，多为下层平民，因之常与流浪者、老妇、商贩走卒相往来，此从其画作中可以窥之一二，亦可从中理会画家之内心情感，如《卖水的人》（1617）即是此类作品。

1623年委拉斯开兹被任命为宫廷画师，至61岁去世时，其在西班牙王宫度过几近40年之久。1629年，委拉斯开兹结识大画家鲁本斯，在鲁劝说之下，他先后两次周游意大利，发掘前辈艺术大师之宝藏。

其一生创作了大量肖像作品，对象既有国王大臣、亲朋好友，亦有平民百姓、下层用人；其人格颇高，于描绘教皇或王公大臣亦无丝毫阿谀之态，描绘侍从、用人亦无轻蔑或不逊，故可见其人品之端绪。

委拉斯开兹乃西班牙17世纪现实主义绘画大师，亦为西班牙17世纪绘画艺术之光荣典范。

维米尔

维米尔（Jan Vermeer）乃荷兰著名风俗画家。代表作有《倒牛奶的妇女》《包头帕的少女》《做花边的女子》和《画家和他的画室》等。其作品多以市民、家庭女主人为主角，描绘其日常之生活细节，却不流枯燥，并富生活之趣。运用色彩，维米尔喜用蓝、黄色调；其作品构图，多注重几何形状，且不愿于细节之上有意刻画，给人以浑然天成之感，作品多以简洁、精练、朴实抑或凝重见长。因其善于表达物态平凡朴实之美，故世人赞其为"描绘宁静生活的诗人""描绘光影变化的卓越大师"。

浅谈国画 节选

应诸位同学盛情相邀，于此讲谈国画历史与绘画之技巧，朽人只好勉而为之，权当与大家共学吧！

我国绘画技法堪称"一宝"，与书法并称"双绝"。只是，国画不似西洋画易于保存，多因国画绘制于易碎的纸或绢上。

两汉时期，我国艺术可称谓"大家风范"，但那时的艺术多为壁画，只可观摩，不易携带，不似西洋画之木板或布等材质易于流传。

两汉时期的艺术，材质多是石材或陶瓷、砖瓦，艺术水平极高，但多为笨重之材质，故可遇不可求，临摹亦不易得。

至隋、唐之时，因国富民强、文化兴盛，故艺术成就亦高，我国艺术方至前所未有之顶峰。当时的绘画艺术延续了雕刻之艺术技法，创作作品多以宗教题材、人物肖像画成就最大，亦开

"山水画"之先河。

及至宋、元，则为我国绘画艺术之巅峰期，其中尤以山水画为代表，花鸟绘画成就亦不俗。至明代时，绘画作品则以花鸟为卓著。清朝一代，则将山水画发挥到极致，风格倾向写意，寄托自然景观之写实，然而重在体现自我之心境，故而流派纷起、大师并出，大有百花齐放之势。

以下，朽人就一些名家或名画加以简述与评析，以供同学欣赏。

明代时期

戴　进

戴进，明代画家，号静庵，浙江杭州人。少年时当过金银首饰学徒，后改学绘画，刻苦用功，画艺大进，宣德年间供奉宫廷，因画艺高超而遭妒忌，遂被斥退。后浪迹江湖，卖画为生。

他擅长山水、人物。其山水画师法马远、夏圭，并取法郭熙、李唐，多是遒劲苍润手法；用笔劲挺方硬，水墨淋漓酣畅，发展了马远、夏圭传统。

人物画师法唐宋传统，兼长二笔、写意；工笔用铁线描和兰叶描；写意从马远变化而来，笔墨简括；花鸟画工笔、写意、没骨诸法皆擅长。人物佛像则能变通运笔、顿挫有力。

其画作在明中期影响较大，追随者甚众，人称"浙派"，逐成明代前期画坛之主将，后世推他为"浙派"创始人。传世之作有《春山积翠图》《风雨归舟图》《三顾茅庐图》《达摩至慧能六代像》《南屏雅集图》《归田祝寿图》《葵石峡蝶图》《三鹭图》等。

唐　寅

《落霞孤鹜图》，是唐寅所绘山水画的代表作。画面表现的是：崇岭峙立，几株柳树亭立，半掩水阁台榭，下临江水；阁中一人独坐眺望，旁有童子侍立。不远处，落霞孤鹜，烟水微茫，故画中景观辽阔优美。

此画技法工整，山石用湿笔点染，故线条流畅，风格潇洒俊秀，突显飘逸；画上自题诗是借王勃之少年得志，来为自己坎坷不平之遭遇而吐不愉。此画风格近于南宋院体，为他盛年得意之作。

唐寅出生于商家，故地位较低。其幼年即能刻苦学习，11岁显出过人之才，并能写出一手好字。16岁中秀才，29岁参加乡试，获"解元"（第一名）。次年，赴京会考，与他同路赶考的江阴地主徐经，因暗中贿赂主考官的家僮而事先得知考题，但事情败露。唐寅亦受牵下狱，遭受凌辱。此后，自负的唐寅对官场产生反感，自此，性格、行为流于不羁，后在好友祝允明规劝下发奋读书，决心以诗文书画终其一生。

唐寅性格狂放不羁，在绘画中则独树一帜，自成一家；其行笔秀润缜密，颇具潇洒清逸之韵味。他的山水画多表现为雄伟险峻、楼阁溪桥、四时朝暮的江山胜景；有时亦描写亭园幽境中文人逸士的悠闲生活。其山水画大幅气势磅礴，小幅清隽潇洒，题材多样。其人物画多写古今仕女或历史典故。其传世的画作有《王蜀宫妓图》《落霞孤鹜图》《事茗图》《看泉听风图》等。

陈　淳

陈淳，明朝画家，江苏苏州人，字道复，号白阳，又号白阳山人。曾学画于文徵明，后不拘师法；又法米芾、黄公望、王蒙。其山水较文徵明疏放开阔，盖学米友仁而致笔迹放纵也。其尤擅长水墨写意花鸟，开明代写意花鸟画之新局面。

前面讲过山水画，此处再讲一讲花鸟画之特色。花鸟画，亦是国画一大分类。泛指以花卉、鸟、兽等动植物为主体的绘画。此类创作之体裁，产生年代较人物、山水为晚，多讲求精细或趣味，刻画以精巧、传神为主。

画花鸟就表达形式的不同，又分为工笔花鸟及写意花鸟二类。以表现手法而言，国画主要以写意或工笔，或二者兼顾为主，但以讲究意境深远、气韵充实、画面传神为创作手法。以线条勾线传神、着色自然为特点，总以和谐为主旨；另以独特之手法，以印章为点缀，以达平衡、增韵为独创，是为东方绘画之魅力所在，更显完美，此为西洋画之所无。

大写意，即以张条疏散、施墨粗放为特点，削繁为简、遗形取神为手法，创作者多为泼墨粗画。小写意，即以简练归融为特色，多强调笔墨中之情趣，不苟求惟妙惟肖，但求整体气势与着色。工笔，是与写意不同的手法，与写意相反，多求刻画精确，要求工整、细致，乃至细节明确、刻画入微，手法以细腻、准确为度。

仇　英

仇英，明代画家，字实父，号十洲，太仓（今属江苏）人，后定居苏州。其出身工匠，后从周臣学画，因文徵明之推赞而知名当时，以卖画为生。

仇英擅画人物，尤长仕女。工于设色，又善水墨、白描，能运用不同笔法表现不同对象。刻画之人物形象，或圆转流利，或劲利有力，皆为精工、妍丽之作，世人有"周昉复起，亦未能过"之评。他的山水画多学赵伯驹、刘松年，所画青绿山水之作，多呈细润而风骨劲峭，亦善绘制花鸟。晚年客居于收藏家项元汴家，摹仿历代名迹，据称"落笔乱真"。

仇英在当时名家周臣门下学画，曾用心临摹古代佳作，因刻苦及天赋不凡，故而技艺大进，成就卓著，因而与沈周、文徵明、唐寅并称"明四家"或"吴门派"。

他所创作的题材很广泛，擅写人物、山水、车船、楼阁、界画等场景；尤擅长于临摹，技法之中，工笔、写意、白描俱佳；画风细腻工整、色彩华丽，取古德之长而又能化为己用、自成一格。

其传世作品有《春夜宴桃李园图》《柳下眠琴图》《桃村草堂图》《剑阁图》《松溪论画图》和《玉洞仙源图》。

《春夜宴桃李园图》描绘了李白"春夜宴桃李园"的故事，是历来众多画家偏好的题材。前人一般着眼于"欢歌"和"夜游"的情景，而这幅图的作者却表现"幽赏未已，高谈转清"的时刻——李白与友人于庭园中秉烛而坐、饮酒赋诗……身后有侍从、乐女相伴。其中，人物刻画传神，所勾勒的线条也是十分地秀丽婉转。

董其昌

董其昌，华亭（今上海松江）人氏，明代著名书画家、书画鉴赏家兼书画理论家。字玄宰，号"思白""香光居士"，人称"董华亭"。万历进士，授编修，官至礼部尚书、太子太保，谥号文敏。

他的书法，先从颜真卿，后学虞世南，再后，又觉唐书不如魏晋，转学钟繇、王羲之，并参以李邕、徐浩、杨凝式等笔意，自谓"于率易中得秀色"，其书法分行布白、疏宕秀逸，颇具个人特色，对明末清初的书风影响很大。

董其昌擅画山水，师法董源、巨然，以元代黄公望、倪瓒为宗，成为集历代画家之大成者。但重写意，不重写实，所画丘壑变化较少，而讲究笔致、墨韵，画格清润明秀、灵静飘逸。论画标榜"士气"，将古代山水画家仿禅宗而分为"南宗""北宗"，并推崇"南宗"（如王维者流）为文人画正脉，形成崇"南"贬"北"之己见，其说影响明代以后的画坛；又提倡作画须"读万卷书，行万里路"，此调对后世论画亦影响较大。

此人才华俊逸，好谈名理，善鉴别书画。书法出颜真卿，后遍学魏晋唐宋诸名家，并融诸家之长自创风格；其行书古淡潇洒，楷书则有颜真卿之率真韵味，草书植根于颜真卿的《争坐位帖》《祭侄文稿》，兼有怀素之圆劲和米芾之跌宕。与邢侗、米万钟、张瑞图合称"明末四大家"，对明末清初书风影响很大。

其书法结体宽绰，取颜真卿之布白而不强作恢弘，取米芾之"奇宕潇散，时出新致，以奇为正，不主故常"，故而笔势潇洒随意。传世之作有《秋兴八景图》《山庄秋景图》《昼锦堂图》等。

清代时期

吴宏及国画之装裱

吴宏（宏，一作弘），清代著名画家，字远度，号竹史，江西金溪人，长居江宁（今南京）。

其人诗书均精，自幼喜爱绘画，笔墨得诸家之长而能出己意，纵横放逸。

吴宏乃"金陵八家"画派中的一员。他曾在顺治十年（1653年）游黄河，归来后笔墨一变为纵横放逸，改变以前的风格；书中说他"偶画墨竹，亦有水墨淋漓"之致。他的传世作品有《柘溪草堂图》《水榭待客图》《山村樵木图》等。

他的《柘溪草堂图》描绘的是坐落在白马湖东岸树丛中的小村、主人的优雅住所——柘溪草堂。因为环境太美，以至于主人邀请画家将它描绘下来，并将其日常的生活表现于中，使此画成为得意之作。我们可以看到，村前有一座小桥，湖水环绕着村庄，树林里的楼台面对湖水，主人或来客可登楼远眺，或与客人相对而坐、侃侃而谈，有如置身世外桃源。

方有同学问及国画的装裱，此处再略讲一些国画装裱之相关知识。由于国画多绘于易于破碎、变形之宣纸或绢物之上，故我国国画均须在背后用纸托裱，以绫、绢、纸等镶边后装上轴杆，以便保存留传。我国绘画装裱技术距今已有千余年的历史，在传统的意义上，国画装裱后才算是一幅完整的作品。

◆立轴

立轴是国画中装裱的一种式样。中间部分叫"画心"（又名"画身"），上面称"天头"，下面称"地脚"。上、下又有"隔水"。装裱尺寸四尺以上的称为"大轴"，俗称"中堂"；特大的称为"大堂"或"大中堂"；三尺以下的画幅称"立轴"。上装天杆，下装轴。有的天头贴"惊燕带"（又称"绶带"），这种格式盛行于北宋宣和年间。"画心"上、下端加镶锦条，称之为"锦眉"。

◆册页

册页是中国书画装裱的一种式样。因画身不大，亦称之为"小品"。有正方形，也有长方形、竖形或横形；有推蓬式、蝴蝶式和经折式三种；也有裱成单片的，称之为"散装"。一般册页均取双数，少则四开、八开、十开，多则十二开、十六开或二十四开。册页外镶边框，前、后添加副页，上、下加板面。这样，欣赏、携带、保存、收藏就比较方便了。

◆屏条

屏条，中国书画装裱的一种式样，由于画身狭长，所以有装裱成屏条形式的。屏条单独的称为"条屏"；四幅并排悬挂的称为"堂屏"或"四季屏"；也有四幅以上乃至十二幅、十六幅的，这些都是成双的完整画面，称为"通景屏"或通屏。

◆手卷

手卷也是装裱式样中的一种，也称"长卷"或"图卷"。外面有"包首"，前面有"引首"，中间是作品；紧连作品两边的叫"隔水"，后面有"拖尾"。"包首"的上面贴有"题签"。历代名画如北宋王希孟的《千里江山图》，张择端的《清明上河图》，元代黄公望的《富春山居图》等，都是手卷的装裱式样。

石　涛

石涛是明朝靖江王朱赞仪的第十世孙，父名朱亨嘉，曾于南明隆武时在广西自称"监国"，后被俘遭杀，其时年尚幼小。他本来是明末皇族，未满十岁家庭惨遭变故，于是削发为僧，四处流浪；他法名叫原济，亦作元济（后人误传为"道济"），号石涛，又号苦瓜和尚、大涤子、清湘陈人等。

他因逃避兵祸，四处流浪，得以遍游名山大川，而悟大自然之奇妙造化，至清康熙时期，其名已传扬四海，他曾两次在扬州为康熙帝接驾，并奉献《海晏河清图》，晚年与王公贵族亦交往较密。

石涛所画山水、兰竹、人物等，讲求创意，构图善于变化，笔墨恣肆，意境新奇，一反当时仿古之风，王原祁评他为"大江以南，当推石涛为第一"。他的画作对扬州画派及近代中国画影响很大；兼工书法和诗，对画论尤有深入研究，所著有《苦瓜和尚画语录》(其手写刻本,名《画谱》)较为有名。

其一生遍游名山大川作画写生,"搜尽奇峰打草稿",为明清时期最富创造性的一代大画家。他作画构图新奇,无论是黄山云烟、江南水墨,还是悬崖峭壁、枯树寒鸦,总能力求新奇,意境清新悠远,尤善用"截取法"以传深邃之境;石涛还讲求气势,故其笔势恣肆、淋漓洒脱而又不拘小疵,有豪放之态,以奔放见胜。

石涛善用墨法,枯湿、浓淡兼融并施,尤喜用湿笔,通过水墨的变化与笔墨的相融,多能表现山川之氤氲气象,或意境深远、厚重之态;有时用墨浓而显墨气淋漓,有时运笔酣畅流利或加方拙之笔,于是方圆结合以显朴实,秀拙相生而露清新。

他擅画山水,主张应细心体察大自然之景观,领会于心而下笔如有神助,笔墨"当随时代"而绘;画山水者应"脱胎于山川""搜尽奇峰",进而"法自我立",《黄山八胜图》即是其代表作之一。石涛的传世作品有《搜尽奇峰打草稿图》《黄山八胜图》《海晏河清图》等。

八大山人

八大山人原名朱耷,清初著名画家。字雪个,号个山,后更号为个山驴、八大山人等,江西南昌人,明朝皇室之后。清初之时隐其姓名,隐居在南昌青云谱道院。

八大山人经历明清之际天翻地覆的时局变化，且自身从皇室沦为逸民，并为避害而出家，可见其饱经苦难；其诗文书画出众，但因家破国亡之故，装聋作哑，从其作品中可略见其心之悲怆。

朱耷擅画水墨花卉禽鸟，笔墨简括凝练、形象夸张、意境深刻；所写山水，画境冷清、枯寂；其水墨画技法对后世写意画影响很大；他的山水画及花鸟画，多所体现其内心孤寂遁世、清高自赏的风骨和性情品格，丝毫不比他的花鸟画逊色。兼有豪情纵逸的雄健风格、朴茂酣畅的凝重情意和生拙涩秀的奇特韵味，然而虚淡中含意多，蕴涵深刻。

《山水图》亦名《秋林亭子图》，写秋数茅亭、地老天荒之景，笼罩着一派荒凉静寂、无可奈何的气氛，有一种哭笑不得的枯索情味。

八大山人书法成就颇高，致使将其画名掩盖，知者不多。其书法，行楷学王献之的淳朴圆润，并自成一格。其所写书体，以篆书之圆润施于行草，自然起落，以高超的手法将书法的落、起、走、住、叠、围、回等技巧藏蕴其中，且能不着痕迹。古人谓之"藏巧于拙，笔涩生朴"，由此可知八大山人书法之妙，世之少见。

能窥山人之书体全貌的，莫过于《个山小像》中其所题字——他以篆、隶、章草、行、真等六体书之，可见其功力之深，世间罕见伦比者，可谓集山人书法之大成。其晚年时，书法达其艺术成就之巅，草书亦不再怪异、雄伟，如其所写之《行书四箴》《般若波罗蜜多心经》等，平淡无奇、浑若天成，无丝毫修饰，静穆单纯，似超脱凡俗、不着人间烟气，是书家所爱之珍品。

邹喆及国画之技法

邹喆，清代画家。字方鲁，江苏吴县人。自幼随父亲客游金陵，其画宗法于其父。其山水画稳重而有古气，富简淡清逸、超绝脱俗之情趣，兼长水墨花卉。此画设色清雅，笔墨精练，画面意境清旷，笔墨秀润峭利，至令景物清隽生动、形象逼真。传世作品有《崇山萧寺图》《松林僧话图》《山水》等。

《崇山萧寺图》描写崇山峻岭山坳间，有寺院深藏幽静处，山脚下有水竹村庄、村舍错落；旁边溪回路曲、小溪蜿蜒；另板桥横跨，设色清雅，故而画面生动。其笔粗犷苍劲，又不失清淡超逸之趣，确属佳作。

最近，有同学来问国画技法，余在此略述一些。我国国画的技法自古流传的不少，但常用者或有独特之处归纳如下：

◆十八描

十八描指人物画中衣服褶纹的描绘方法，又有"古今描法一十八"之称。此法在明代周履靖的《夷门广牍》和江珂玉的

《珊瑚网》中有讲述，简称"十八描"——即高古游丝描（顾恺之），铁线描，行云流水描，马蝗描（又名"兰叶描"，马和之），钉头鼠尾描（武洞清），混描，撅头描（马远、夏圭），曹衣描（曹不兴），折芦描（梁楷），橄榄描（颜辉），枣核描，柳叶描（吴道子），竹叶描，战笔水纹描，减笔描（马远、梁楷），柴笔描，蚯蚓描。

◆双勾

双勾就是用线条勾描物像的轮廓，又名"勾勒"。因其基本是用左右或上下两笔勾描合拢，故又名"双勾"，多用于工笔花鸟画。

◆白描

白描指用墨线勾描物体而不加色彩的一种手法。唐代的吴道子、北宋的李公麟、元代的赵孟𫖯等都是白描的高手。

◆皴法

皴法指一种表现山石、树皮纹路的用笔方法。对历代画家根据山石的不同结构、质感、树木的纹理所创造的表现形式，是后人根据前人的经验以及对大自然的体会所总结的不同手法。而历代下来，皴法主要有以下几种：披麻皴（董源、巨然），直擦皴（关仝、李成），雨点皴（范宽），卷云皴（李成、郭熙），解索皴，牛毛皴，荷叶皴（赵孟𫖯），长斧劈柴皴（李唐、马远），鬼脸皴（荆浩），拖泥带水皴（米芾），折带皴（倪瓒），破网皴

（吴伟）。树的皴法有：有鳞皴（松树皮），绳皴（柏树皮），交叉麻皮皴（柳树皮），点擦横皴（梅树皮），横皴（梧桐树皮）。

◆没骨

没骨指一种不用笔勾、墨画为骨，而直接用色彩涂抹、描绘物体的手法。五代黄荃所画花卉，勾勒用笔较细，着色后几乎不见笔迹，遂有"没骨花枝"之称；后来到北宋时期，有画家徐崇嗣学黄荃之手法，所绘花卉更是不加墨线勾线，只用彩色画成，世称"没骨画"，后人将此类画法称之为"没骨法"。

◆泼墨

泼墨指将墨泼于纸上后，随其形状画出景物的一种手法。相传唐代的王洽，曾以墨于纸上而画出形神兼顾的画作，遂成绘画的创作方式。后世将用笔水墨饱满、淋漓尽致、气势磅礴的手法称之为"泼墨"。

髡 残

髡残，湖南武陵（今常德）人。字介丘，号石溪，又号白秃，自称残道人，晚年署名"石道人"；在画坛上与石涛并称"二石"，又与程正揆并称"二溪"。

据说，其母梦僧人入室而孕，因而他年岁稍长，总以为自己前生是僧人，故常思出家。程正揆在《石溪小传》中说髡残"廿岁削发为僧，参学诸方，皆器重之"。髡残自幼爱好绘画，年轻时放弃求取功名，20岁削发为僧，云游名山；30岁时明朝灭亡，他参加了何腾蛟的反清队伍，抗清失败后，避难常德桃花源。

髡残善绘画，尤其精于山水；绘画技法宗法黄公望、王蒙，早期基础出于明代谢时臣，所融之技法可上追元代四大家及北宋之巨然，曾说："若荆、关、董、巨四者，得其心法唯巨然一人。巨然媲美于前，谓余不可继迹于后。"他习学元代四家以及明代大画家董其昌的画法，同时敢于"变其法以适意"，并以书法入画，不做临摹效颦，此真可见其重情用心、重视笔墨技法之处。

他在艺术上主张抒发个性，敢于创新，反对古板陈旧、墨守成规，其作品充满质朴的感情，似不假造作、真挚感人，故而风格独特，于当时成就最为突出，对后世影响很大。

髡残的山水画章法稳健，繁杂严密而不堵，郁茂浓厚而不塞，景色不以新奇取胜，而以平凡见其幽深处。其善用雄健之秃笔和渴墨，层层皴擦勾染，厚重而不板滞，秃笔而不干枯，是以他的作品具有"奥境奇辟，缅邈幽深、引人入胜"的艺术境界。

他平生喜游历名山大川，对大自然之博大神奇有其独到的领会，后住在南京牛首山幽栖寺。曾自谓平生有三惭愧："常惭愧这只脚，不曾阅历天下多山；又常惭此两眼钝置，不能读万卷书；又惭两耳，未尝记受智者教诲。"

髡残的性格比较孤僻，书中云他"鲠直若五石弓，寡交识，辄终日不语"。对于禅学，他亦有独到之体悟，能"自证自悟，如狮子独行，不求伴侣者也"。他的画学，在当时已有相当造诣，受到周亮工、龚贤、陈舒、程正揆等人的推崇，因而他在当时的佛教界和艺术界皆有很高的声望。

髡残从事绘画比他人艰难，也付出更多心力，因其一生多受病痛折磨，可能与他早年避兵隐居桃源深处有关，但他从未放逸其心。他尝在《溪山无尽图卷》自题省悟之语，颇为感人。其语云："大凡天地生人，宜清勤自持，不可懒惰。若当得个懒字，便是懒汉，终无用处。出家人若懒，则佛相不得庄严而千家不能一钵也。神三教同是。残衲时住牛首山房，朝夕焚诵，稍余一刻，必登山选胜，一有所得，随笔作山水画数幅或字一两段，总之不放闲过。所谓静生动，动必做出一番事业，端教作一个人立于天地间无愧。若忽忽不知，惰而不觉，何异于草木！"

张庚在《国朝画征录·髡残传》中有评云："石溪工山水，奥境奇辟，缅邈幽深，引人入胜。笔墨高古，设色精湛，诚元人之胜概也。此种笔法不见于世久矣！"由此可见，髡残之画深得元代四大家之精髓。

弘 仁

弘仁，明末清初画家，僧人，安徽歙县人。俗姓江，名韬，字六奇；明末诸生（秀才），明亡后出家，法名弘仁，字渐江，自号渐江学人，又号渐江僧、无智、梅花老衲。自幼丧父，家贫，事母至孝，一生未娶。

他是明末秀才，明亡后，有志抗清，离歙赴闽，入武夷山为僧，师从古航禅师；云游各地后回歙县，住西郊太平兴国寺和五明寺，经常往来于黄山、雁荡山之间；工诗文、书法，其诗多从国家身世有感而发，其中尤其以民族感情至为强烈。其人画风萧散淡泊、简洁冷峭。

他擅画山水，取法宋元诸家，尤喜倪瓒（云林），师其法而用功最多；虽尊师法，但又不拘于师法，并能独自创新，所谓"师法自然，独辟蹊径"可作他艺术生涯的注脚。他的作品多画黄山，构图简洁，山石方折，险峰壁立，奇松倒挂；笔墨秀逸而凝重，意境宏阔亦淡远；其画气势峻伟，先声夺人；其人亦善画梅，绘画多得梅花疏枝淡蕊、冷艳寒香之韵致。

弘仁早年从学孙无修，中年师从萧云从，从宋元各家入手，后来师法"元代四家"，尤崇倪瓒画法，作品中如《清溪雨霁》《秋林图》《枯槎短荻图》等取景清新，多有云林遗意。他对倪瓒十分崇拜，曾于画中题诗云："迂翁笔墨予家宝，岁岁焚香供作师。"可见其尊重如斯。

弘仁以画黄山而闻名，世人谓"得黄山之真性情"，笔墨苍劲整洁，富秀逸之气，给人以清新之意趣。与石涛、梅清同为"黄山画派"中的代表人物。查士标在他的山水画题云："渐公画入武夷而一变，归黄山而一奇。"

一年社日都忘了，忽见庭前燕子飞。
禽鸟也知勤作室，衔泥带得落花归。

衔泥带得落花归

弘仁的绘画于当时及后世皆享誉极高，后人将其与髡残、朱耷、石涛合称"清初四高僧"；又与汪之瑞、查士标、孙逸合称为"新安派四大家"，又称"海阳四家"，弘仁居首位。学他画风的有祝昌、高翔、秦涵等人。

张庚在《国朝画征录》中说："新安画多宗清（倪瓒）者，盖渐师道先路也。"代表作有《乔松羽土图》《松石图》《黄山蟠龙松》《梅屋松泉图》《黄海松石图》等。

谈写字的方法

我到闽南这边来，已经有十年之久了。

前几年冬天的时候，我也常到南普陀寺来，看到大殿、观音殿及两廊旁边的栏杆上，排列了很多很多的花。尤其正在过年的时候，更是多得很。

其中有一种名叫"一品红"的（闽南人称为圣诞花，其顶端之叶均作红色，学名为 Euphorbia pulcherrima），颜色非常鲜明，非常好看，可以说是南国特有的一种风味，特有的色彩。每当残冬过去，春天快到来的时候，把它摆出来，好像是迎春的样子，而气象确也为之一新。

我于去年冬天到这里来，心中本来预料着，以为可以看到许多的"一品红"了。岂知一到的时候，空空洞洞，所看到的，尽是其他的花草，因而感到很伤心。为什么？以前那么多的"一品红"，现在到哪里去了呢？找来找去，找了很久，只在那新功德楼的地方，发现了三棵，都是憔悴不堪，颜色不大鲜明，很怨惨的样子。也没有什么人要去赏玩了。于是使我联想到佛教养正院：过去的时候，也曾经有很光荣的历史，像那些"一品红"一样，欣欣向荣，有无限的生机。可是现在，则有些衰败的气象了。

养正院开办已经三年了，这期间，自然有很多可纪念的史迹。可是观察其未来，则很替它悲观，前途很不堪设想。我现在在南普陀这里，还可以看到养正院的招牌，下一次再来的时候，恐怕看不到了。这一次，也许可以说是我"最后的演讲"。

（1）这一次所要讲的，是这里几位学生的意思——要我来讲关于写字的方法。

我想写字这一回事，是在家人的事，出家人讲究写字有什么意思呢？所以，这一次讲写字的方法，我觉得很不对。因为出家人假如只会写字，其他的学问一点不知道，尤其不懂得佛法，那可以说是佛门的败类。须知出家人不懂得佛法，只会写字，那是可耻的。出家人唯一的本分，就是要懂得佛法，要研究佛法。不过，出家人并不是绝对不可以讲究写字的，但不可用全副精神去应付写字就对了。出家人固应对于佛法全力研究，而于有空的时候，写写字也未尝不可。写字如果写到了有个样子，能写对子、中堂来送与人，以作弘法的一种工具，也不是无益的。

倘然只能写得几个好字，若不专心学佛法，虽然人家赞美他字写得怎样的好，那不过是"人以字传"而已。我觉得：出家人字虽然写得不好，若是很有道德，那么他的字是很珍贵的，结果都是能够"字以人传"。如果对于佛法没有研究，而且没有道德，纵能写得很好的字，这种人在佛教中是无足轻重的了。他的人本来是不足传的。即能"人以字传"——这是一桩可耻的事，就是在家人也是很可耻的。

今天虽然名为讲写字的方法，其实我的本意是要劝诸位来学佛法的。因为大家有了行持，能够研究佛法，才可利用闲暇时间，来谈谈写字的法子。

关于写字的源流、派别，以及笔法、章法、用墨……古人已经讲得很清楚了。而且有很多的书可以参考，我不必多讲。现在只就我个人关于写字的心得及经验随便来说一说。

诸位写字的成绩很不错。但是每天每个人只限定写一张，而且只有一个样子，这是不对的。每天练习写字的时候，应该将篆书、大楷、中楷、小楷四个样子，都要多多地写与练习。如果没有时间，关于中楷可以略掉；至于其他的字样，是缺一不可的。且要多多地练习才对。

我有一点意见，要贡献给诸位。下面所说的几种方法，我认为是很重要的。

（2）我对于发心学字的人，总是劝他们先由篆字学起。为什么呢？有几种理由：

第一，可以顺便研究《说文》，对于文字学，便可以有一点常识了。因为一个字一个字都有它的来源，并不是凭空虚构的，关于一笔一画，都不能随随便便乱写的。若不学篆书，不研究《说文》，对于文字学及文字的起源就不能明白——简直可以说是不认得字啊！所以写字若由篆书入手，不但写字会进步，而且也很有兴味的。

第二，能写篆字以后，再学楷书，写字时一笔一画，也就不会写错的了。我以前看到养正院几位学生所抄写的稿子，写错的字很多很多。要晓得：写错了字，是很可耻的——这正如学英文的人一样，不能把字母拼错一个。若拼错了字，人家怎么认识呢？写错了我们自己的汉文字，更是不可以的。我们若先学会了篆书，再写楷字时，那就可以免掉很多错误。此外，写篆字也可以为写隶书、楷书、行书的基础。学会了篆字之后，对于写隶书、楷书、行书就都很容易——因为篆书是各种写字的根本。

若要写篆字的话，可先参看《说文》这一类的书。有一部清人吴大澂的《说文部首》，那是不可缺少的。因为这部书很好，便于初学，如果要学写字的话，先研究这一部书最好。

既然要发心学写字的话，除了写篆字外，还有大楷、中楷、小楷，这几样都应当写。我以前小孩子的时候，都通通写过的。至于要学一尺、二尺的字，有一个很简便的方法：那就可用大砖来写，平常把四块大砖拼合起来，做成桌子的样子，而且用架子架起来，也可当桌子用；要学写大字，却很方便，而且一物可供两用了。

大笔怎样得到呢？可用麻扎起来做大笔，要写时，就可以任意挥毫。大砖在南方也许不多，这里倒有一个方法可以替代：就是用水门汀拼起来成为桌子。而用麻来写字，都是一样的。这样一来，既可练习写字，而纸及笔，也就经济得多了。

篆书、隶书乃至行书都要写，样样都要学才好；一切碑帖也都要读，至少要浏览一下才可以。照以上的方法学了一个时期以后，才可专写一种或专写一体。这是由博而约的方法。

（3）至于用笔呢，算起来有很多种，如羊毫、狼毫、兔毫等。普通是用羊毫，紫毫及狼毫亦可用，并不限定哪一种。最要注意的一点：就是写大字须用大笔，千万不可用小笔！用小的笔写大字，那是错误的。宁可用大笔写小字，不可以用小笔写大字。

还有纸的问题。市上所售的油光纸是很便宜的，但太光滑很难写。若用本地所产的粗纸，就无此毛病了。我的意思：高年级的同学可用粗纸，低年级的可用油光纸。

此地所用的有格子的纸，是不大适合的，和我们从前的九宫格的纸不同。以我的习惯而论，我用九宫格的方法，就不是这个样子。

若用这种格子的纸，写起字来，是很方便的，这样一来，每个字都有规矩绳墨可守。如写大楷时，两线相交的地方，成了一个十字形，就不致上下左右不相对称了。要晓得：写字总不能随随便便。每个字的地位要很正，要不偏左不偏右，不上不下，要有一定的标准。因为线有中心点，初学时注意此线，则写起来，自然会适中很"落位"了。

平常写字时，写这个字，眼睛专看这个字，其余的字就不管，这也是不对的。因为上面的字，与下面的字都有关系的，即全部分的字，不论上下左右，都须连贯才可以。这一点很要紧，须十分注意。不可以只管写一个字，其余的一切不去管它。因为写字要使全体都能够配合，不能单就每个字去看的。

再有一点须注意的：当我们写字的时候，切不可倚在桌上，须使腕高高地悬起来，才可以运用如意。

写中楷悬腕固好，假如肘部要倚着，那也无妨。至于小楷，则可以倚在桌上，不必悬腕的。

（4）以上所说的，是写字的初步法门。现在顺便讲讲关于写对联、中堂、横披、条幅等的方法。

我们写对联或中堂，就所写的一幅字而论，是应该有章法的。普通的一幅中堂，论起优劣来，有几种要素须注意的。现在估量其应得的分数如下：

章法：五十分

字：三十五分

墨色：五分

印章：十分

就以上四种要素合起来，总分数可以算一百分。其中并没有平均的分数。我觉得其差异及分配法，当照上面所分配的样子才可以。

一般人认为每个字都很要紧，然而依照上面的计分，只有三十五分。大家也许要怀疑，为什么章法反而分数占多数呢？就章法本身而论，它之所以占着重要的原因，理由很简单，在艺术上有所谓三原则。即统一、变化、整齐。

这在西洋绘画方面被认为是很重要的。我便借来用在此地，以批评一幅字的好坏。我们随便写一张字，无论中堂或对联，将字排起来，或横或直，首先要能够统一：字与字之间，彼此必须相联络、互相关系才好。但是单只统一也不能的，呆板也是不可以的，须当变化才好。若变化得太厉害，乱七八糟，当然不好看。所以必须注意彼此互相联络、互相关系才可以的。

就写字的章法而论大略如此。说起来虽很简单，却不是一蹴可就的。这需要经验的，多多地练习，多看古人的书法以及碑帖，养成赏鉴艺术的眼光，自己能常去体认，从经验中体会出来，然后才可以慢慢地有所成就。

所谓墨色要怎样才可以？即质料要好，而墨色要光亮才对。还有印章盖坏了，也是不可以的。盖的地方要位置设中，很落位才对。所谓印章，当然要刻得好；印章上的字须写得好。至于印色，也当然要好的。盖用时，可以盖一颗、两颗。印章有圆的、方的、大的、小的不一，且有种种的区别。如何区别及使用呢？那就要于写字之后再注意盖用，因为它也可以补救写字时章法的不足。

（5）以上所说的，是关于写字的基本法则。可当作一种规矩及准绳讲，不过是一种呆板的方法而已。

写字最好的方法是怎样？用哪一种的方法才可以达到顶好顶好的呢？我想诸位一定很热心地要问。

我想了又想，觉得想要写好字，还是要多多地练习，多看碑，多看帖才对，那就自然可以写得好了。

诸位或者要说，这是普通的方法，假如要达到最高的境界须如何呢？我没有办法再回答。曾记得《法华经》有云："是法非思量分别之所能解。"我便借用这句子，只改了一个字，那就是"是字非思量分别之所能解"了。因为世间无论哪一种艺术，都是非思量分别之所能解的。

即以写字来说，也是非要思量分别，才可以写得好的。同时要离开思量分别，才可以鉴赏艺术，才能达到艺术的最上乘的境界。

记得古来有一位禅宗的大师，有一次人家请他上堂说法，当时台下的听众很多，他登台后默默地坐了一会儿，以后即说："说法已毕。"便下堂了。所以，今天就写字而论，讲到这里，我也只好说"谈写字已毕"了。

浅谈篆刻

节选

　　承蒙诸位抬举，说我于篆刻有所深研，这些话实在过誉。既然诸位对敝人学篆刻的事感兴趣，那么敝人就略述个中简概，以供诸位参考！因我国篆刻艺术源远流长，从头讲起，恐篇幅太长而时间不许，故今日先略讲明代以前的篆刻发展——因明代以前，篆刻多用于官府，文人士子亦多不涉及；明以后，篆刻方为文人所自习，遂成文化大观。

　　篆刻，自商周始即应用于政治中，后影响所及更广，举凡政治、经济、军事、法律、文化、艺术乃至宗教，无不产生过密切联系；且其美术价值极高，故与书法、绘画最终鼎足而立，故不可轻视其艺术特性。经过几千年的发展与变革，至明清之际蔚为大观，终成独立之艺术。

篆刻起源，据考起自商周，那时多用于帝王之玺或官府之印。至春秋战国时期，刻印已有私用，间有当着饰物者；因当时小国林立，故篆刻之印因文化之差异而风格各异。

至秦汉时期，篆刻之法更趋成熟，因文化成就所影响——尤其汉代篆刻，其印面篆文与处理方法，一直为篆刻家追求的艺术境界，认为那是篆刻艺术难以逾越的艺术巅峰。

经魏晋南北朝而到隋唐时，因文化的高度发展，故篆刻也呈现出"中兴"气象，其中尤其是因皇帝的收藏以及用于鉴赏字画之印，因而隋唐时篆刻在继承之上有所发展。

到宋元时期，官印、私印比前代都有所增加，且于此时出现了文人自篆自刻的现象了，后人将元朝王冕视为文人自刻印章之第一人；又因赵孟頫、吾丘衍等文人提出篆刻复古的思想，加之古印谱的汇集与印刷业的发达，因而开文人篆刻之先河。此时的篆刻著作，较有名者如钱选的《钱氏印谱》、赵孟頫的《印史》（一卷）、吾丘衍的《古印式》（二卷）、吴睿的《汉晋印章图谱》、杨遵的《杨氏集古印谱》、陶宗仪的《古人印式》等，故篆刻至元代时已有长足的发展。

至明代时期，因文彭、何震、苏宣等人的爱好与成就，加上古印谱的印刷与流通，故令篆刻艺术于明朝一代大放异彩，后形成了不少流派；其中，以文彭、何震、苏宣最为杰出。

到清代时，篆刻更是达到空前的发展，其成就几乎可与汉代比肩。其时主要以汲古、创新为特色，流派纷现，个性分明，且不乏篆刻之大家，令篆刻又达一座新高峰。

以上为篆刻之艺术特点，简述如上，以利综观，详情容后再述。

辑三

以淡字交友，
以聋字止谤

致夏丏尊

一

（一九一八年六月十八日，杭州虎跑寺）

丏尊大士座下：

赐笺，敬悉。居士戒除荤酒，至善至善。父病日剧，宜为说念佛往生之法。临终一念，最为紧要。（临终时，多生多劫，小来善恶之业，一齐现前，可畏也。）但能正念分明，念佛不辍，即往生可必。（释迦牟尼佛所说，十方诸佛所普赞，岂有虚语！）自力不足，居士能助念之，尤善。劝亲生西方，脱离生死轮回，世间大孝，宁有逾于是者。（临终时，万不可使家人环绕，妨其正念。气绝一小时，乃许家人入室举哀，至要至要。）《净土经论集说》，昭庆经房皆备，可以请阅。闻范居士将来杭，在佚生校内讲《起信论》。父病少间，居士可以往听。《紫柏老人集》（如未送还）希托佚生转奉范居士。不慧入山后，气体殊适，可毋念。

演音稽首

六月十八日

二

（一九一八年中秋前二日，杭州虎跑寺）

丏尊居士：

顷有暇，写小联额贻仁者。前属楼子启鸿刻印，希为询问。如已就，望即送来。衲暂不他适。暇时幸过谈。不具。

释演音

中秋前二日

三

（一九一九年三月十一日，杭州玉泉寺）

丏尊居士：

前日叶子来谈，借悉起居胜常为慰。南京版《四书小参》《中庸直指》，仁者如已请来，希假一诵。（否则乞询佚生或有之，俟他日有人来带下，不急需也。）《归元镜》（昭庆版）颇有可观，（曩以其为戏曲，甚轻视之。今偶检阅，词旨警切，感人甚深。）愿仁者请阅，并传示同人。近作一偈，附写奉览。不具。

释演音

三月十一日

四

（一九二〇年六月廿五日，新城）

丏尊居士文席：

曩承远送，深感厚谊。来新居楼居士家数日，将于二日后入山。七月十三日掩关，以是日为音剃染二周年也。吴建东居士前属撰扬溪尾惠济桥记，音以掩关期近，未暇构思，愿贤首代我为之。某士所撰革稿附奉，以备参考。撰就希交吴居士收，相见天日，幸各努力，勿放逸。不一。

演音

六月廿五日

五

（一九二一年八月廿七日，温州庆幅寺）

丏尊居士：

江干之别，有如昨日。吴子书来，知仁归卧湖上，脱屣尘劳，甚善甚善。余以是岁春残，始来永宁，掩室谢客，一心念佛，将以二载，圆成其愿。仁者迩来精进何似？衰老浸至，幸宜早自努力。义海渊微，未易穷讨，念佛一法，最契时机。印老文钞，宜熟览玩味，自知其下手处也。（可先阅其书札一类。）仁或来瓯，希于半月前先以书达，当可晋接。秋凉，唯珍重不具。

寓温州南门外城不寮。

（便中代求松烟墨二锭寄下。）

演音

八月廿七夕

六

（一九二九年旧三月晦日，温州庆福寺）

丏尊居士：

到温后，即奉上明信，想已收到。铜模字已试写二页，奉上。乞与开明主人酌核。余近来精神衰颓，目力昏花。若写此体，或稍有把握，前后可以大致一律。若改写他体，恐难一律，故先以此样子奉呈。倘可用者，余即续写。否则拟即作罢（他体不能书写）。所存之格纸，拟写"小经"一卷，以奉开明主人，为纪念可耳。此次旅途甚受辛苦。至今喉痛及稍发热、咳嗽、头昏等症，相继而作。近来余深感娑婆之苦，欲早命终往生西方耳。谨陈，并候回玉。

演音

旧三月晦日

七

丏尊居士：

　　惠书诵悉。承询所需。至用感谢。此次由闽至温，旅费甚省。故尚有余资。宿疾本因路途辛劳所致，今已愈十之九。铜模字即可书写。拟先写千余字寄上。俟动工镌刻后，再继续书写其余者。今细检商务铅字样本，至为繁杂。有应用之字而不列入者。有《康熙字典》所未载之僻字及俗体字，而反列入者。若依此书写，殊不适用。令拟改依《中华新字典》所载者书写，而略增加。总以适用于排印佛书及古书等为主。倘有欠缺，他时尚可随时补写也。墓志造像不列目录，甚善。《佛教大辞典》，是否仍存尊处？因嘉兴前来书谓未曾收到。如未送去，仍以存尊处为宜。阳历四月十九日寄挂号信与上海美专刘质平居士，至今半月余，无有复音。乞为探询，质平是否仍在美专，或在他处？便中示知为感。

演音

阳历五月六日

獨坐誰相伴
春禽枝上鳴
天籟真且美
似梵土迦陵

杜衡補題

独坐谁相伴，春禽枝上鸣。
天籁真且美，似梵土迦陵。

好鳥枝頭亦朋友

好鸟枝头亦朋友

八

（一九二九年旧八月廿九日，上虞白马湖）

丏尊居士：

惠书诵悉。至白马湖后，诸事安适。至用欣慰。厕所及厨灶已动工构造。厨房用具等，拟于明后日，请惟净法师偕工人至百官购买。彼有多年理事之经验，诸事内行，必能措置妥善也。山房可以自炊，不用侍者。今日拟向章君处领洋十五元，购厨房用具及食用油盐米豆等物。其将来按月领款办法，俟与仁者晤面时详酌。立会经理此款资，甚善。拟即请发起人为董事。其名目乞仁等酌定。以后每月领取之食用费，作为此会布施之义而领受之。（每月数目不能一定。因有时住二人，或有时仅一人，或三人。事俟晤面时详酌。）以后自炊之时，尊园菜蔬，由尊处斟酌随时布施。（此事乞于便中写家书时提及，由便人送来，不须每日送。）一切菜蔬皆可食，无须选择也。草草复此，余俟面谈。联辉居士竭诚招待一切，至可感谢。不宣。

外五纸乞交子恺居士。

演音上

旧八月廿九日

九

（一九二九年九月初五日，上虞白马湖）

丏尊居士：

　　惠书诵悉。仁者有疾，行旅未便，本月可以不来白马湖。朽人于下旬即往上海，当可晤谈也。子恺校课与译务皆甚忙，亦可不来。杭州之事，可以稍缓无妨也。幸勿拘执俗礼。至祷。

演音上

九月初五日

十

（一九二九年重阳，上虞白马湖）

丏尊居士：

　　惠书，欣悉一一。摄影甚美，可喜。山房建筑，于美观上甚能注意，闻多出于石禅之计划也。石禅新居，由山房望之，不啻一幅画图。（后方之松树配置甚妙。）彼云："曾费心力，惨淡经营。良有以也。"现在余虽未能久住山房，但因寺院充公之说，时有所闻。未雨绸缪，早建此新居，贮蓄道粮，他年寺制或有重大之变化，亦可毫无忧虑，仍能安居度日。故余对于山房建筑落成，深为庆慰。甚感仁等护法之厚意也。（秋后往闽闭关之事，是为夙愿，未能中止。他年仍可来居山房，终以此处为久居之地也。）以上之意，如仁者与发起诸居士及施资诸居士晤面之时，乞为代达。因恐他人以新居初成，即往他方或致疑讶者。故乞仁者善为之解释，俾令大众同生欢喜之心也。数日以来，承尊宅馈赠食品，助理杂务，一切顺适，至用感谢！顺达，不具。

演音答

重阳朝

十一

（一九二九年旧四月十二日，温州庆福寺）

丐尊居士：

前奉上二片，想已收到。铜模已试写三十页。费尽心力，务求其大小匀称。但其结果，仍未能满意。现由余详细思维，此事只可中止。其原因如下：

（一）此事向无有创办者，想必有困难之处。今余试之，果然困难。因字之大小与笔画之粗细及结体之或长或方或扁，皆难一律。今余书写之字，依整张之纸看之，似甚齐整。但若拆开，以异部之字数纸（如口、卩、亻、匸、儿等），拼集作为一行观之，则弱点毕露，甚为难看。余曾屡次试验，极为扫兴，故拟中止。

（二）去年应允此事之时，未经详细考虑；今既书写，乃知其中有种种之字，为出家人书写甚不合宜者。如"刀"部中残酷凶恶之字甚多。又"女"部中更不堪言。"尸"部中更有极秽之字，余殊不愿执笔书写。此为第二之原因（此原因甚为重要）。

（三）余近来眼有病。戴眼镜久，则眼痛。将来或患增剧，即不得不停止写字。则此事亦终不能完毕。与其将来功亏一篑，不如现在即停止。此为第三之原因。

余素重然诺，决不愿食言。今此事实有不得已之种种苦衷。务乞仁者在开明主人之前，代为求其宽恕谅解，至为感祷。所余之纸，拟书写短篇之佛经三种（如《心经》之类是），以塞其责，聊赎余罪。

前寄来之碑帖等，余已赠予泉州某师。又《新字典》及铅字样本并未书写之红方格纸，亦乞悉赠与余。至为感谢。

余近来精神衰颓，远不如去秋晤谈时之形状。质平前属撰之《歌集》，亦屡构思，竟不能成一章。止可食言而中止耳。余年老矣，屡为食言之事。日夜自思，殊为抱愧，然亦无可如何耳。

务乞多多原谅。至感至感。已写之三十张奉上，乞收入。

演音上

旧四月十二日

十二

（一九二九年旧十月，厦门太平岩）

丐尊居士：

　　来厦门后，居太平岩。拟暂不往泉州，因开元寺有军队多人驻扎也。序文写就附以奉览。此书出版之后，余不欲受领版税（即分取售得之资）。因身为沙门，若受此财，于心不安。倘书店愿有以酬报者，乞于每版印刷时，赠余印本若干册，当为之分赠结缘，是固余所欢喜仰望者也。将来字模制就，印佛书时，亦乞依此法。每次赠余原书若干册。此意便中乞与章居士谈之，并乞代为致候。字模之字，决定用时路之体。（不固执己见。）其形大致如下。（将来再加练习，可较此为佳。）

　　世间如梦非实　字与字之间，皆有适宜之空白。将来排版之时，可以不必另加铅条隔之。唯双行小注，仍宜加铅条间隔耳。（或以四小字占一大字之地位，圈点免去。此事俟将来再详酌。）

是间气候甚暖。日间仅着布小衫一件，早晚则着两件。老病之体，甚为安适。附一纸及汇票，乞交子恺。

演音上

十三

（一九三〇年旧四月廿八日，温州庆福寺）

丏尊居士：

顷诵尊函，并金二十元，感谢无尽。余近来衰病之由，未曾详告仁者。今略记之如下：

去秋往厦门后，身体甚健。今年正月（旧历，以下同），在承天寺居住之时，寺中驻兵五百余人。距余居室数丈之处，练习放枪并学吹喇叭，及其他体操唱歌等。有种种之声音，惊恐扰乱，昼夜不宁。而余则竭力忍耐，至三月中旬，乃动身归来。轮舟之中，又与兵士二百余人同乘（由彼等封船）。种种逼迫（轮船甚小），种种污秽，殆非言语可以形容。共同乘二昼夜，乃至福州。余虽强自支持，但脑神经已受重伤。故至温州，身心已疲劳万分。遂即致疾，至今犹未十分痊愈。

庆福寺中，在余归来之前数日，亦驻有兵士，至今未退。楼窗前二丈之外，亦驻有多数之兵。虽亦有放枪喧哗等事，但较在福建时则胜多多矣。所谓"秋荼之甘，或云如荠"也。余自念此种逆恼之境，为生平所未经历者。定是宿世恶业所感，有此苦报。故余虽身心备受诸苦，而道念颇有增进。佛说八苦为八师，洵精确之定论也。余自经种种摧折，于世间诸事绝少兴味。不久即正式闭关，不再与世人往来矣。（以上之事，乞与子恺一谈。他人之处，无须提及，为要。）以后通信，唯有仁者及子恺、质平等。其他如厦门、杭州等处，皆致函诀别，尽此形寿不再晤面及通信等。以后他人如向仁者或子恺询问余之踪迹者，乞以"虽存如殁"四字答之，并告以万勿访问及通信等。

质平处，余亦为彼写经等，以塞其责，并致书谢罪。

现在诸事皆已结束。唯有徐蔚如编校《华严疏钞》，属余参订，须随时通信。

返山房之事，尚需斟酌，俟后奉达（临动身时当通知）。山房之中，乞勿添制纱窗。因余向来不喜此物。山房地较高，蚊不多也。

余现在无大病。唯身心衰弱。又手颤、眼花、神昏、臂痛不易举，凡此皆衰老之相耳。甚愿早生西方。谨复，不具——。

马居士石图章一包，前存子恺处。乞托彼便中交去，并向马居士致诀别之意。今后不再通信及晤面矣。

演音

旧四月廿八日

致丰子恺

一

（一九二八年八月十四日，温州）

子恺居士：

初三日惠书，诵悉。兹条复如下：

△周居士动身已延期。网篮恐须稍迟，乃可带上。

△《佛教史迹》已收到，如立达仅存此一份，他日仍拟送还。

△护生画，拟请李居士等选择（因李居士所见应与朽人同）。俟一切决定后，再寄来由朽人书写文字。

△不录《楞伽》等经文，李居士所见，与朽人同。

△画集虽应用中国纸印，但表纸仍不妨用西洋风之图案画，

以二色或三色印之。至于用线穿订，拟用日本式，系用线索结纽者，与中国佛经之穿订法不同。朽人之意，以为此书须多注重于未信佛法之新学家一方面，推广赠送。故表纸与装订，须极新颖警目。俾阅者一见表纸，即知其为新式之艺术品，非是陈旧式之劝善图画。倘表纸与寻常佛书相似，则彼等仅见《护生画集》之签条，或作寻常之佛书同视，而不再披阅其内容矣。故表纸与装订，倘能至极新颖，美观夺目，则为此书之内容增光不小，可以引起阅者满足欢喜之兴味。内容用中国纸印，则乡间亦可照样翻刻。似与李居士之意，亦不相违。此事再乞商之。

△李居士属书签条，附写奉上。

△"不请友"三字之意，即是如《华严经》云"非是众生请我发心，我自为众生作不请之友"之意。因寻常为他人帮忙者，应待他人请求，乃可为之。今发菩提心者，则不然。不待他人请求，自己发心，情愿为众生帮忙，代众生受苦等。友者，友人也。指自己愿为众生之友人。

△周孟由居士等，谆谆留朽人于今年仍居庆福寺。谓过一天，是一天，得过且过，云云。故朽人于今年下半年，拟不他往。俟明年至上海诸处时，再与仁者及丏翁等，商量筑室之事。现在似可缓议也。

△近病痢数日，已愈十之七八。唯胃肠衰弱，尚需缓缓调理，仍终日卧床耳。然不久必愈，乞勿悬念。承询需用，现在

朽人零用之费，拟乞惠寄十元。又庆福寺贴补之费（今年五个月），约二十元（此款再迟两个月寄来亦不妨）。此款请旧友分任之。至于明年如何，俟后再酌。

△承李居士寄来《梵网经》，万钧氏书札，皆收到。谢谢。病起无力，草草复此。其余，俟后再陈。

演音上

八月十四日

二

（一九二八年八月廿四日，温州）

子恺居士：

新作四首，写录奉览：

凄 音

小鸟在樊笼，悲鸣音惨凄。

恻恻断肠语，哀哀乞命词。

向人说困苦，可怜人不知。

犹谓是欢娱，娱情尽日啼。

农夫与乳母

忆昔襁褓时，尝啜老牛乳。

年长食稻粱，赖尔耕作苦。

念此养育恩，何忍相忘汝！

西方之学者，倡人道主义。

不啖老牛肉，淡泊乐素食。

卓哉此美风，可以昭百世！

！！！

麟为仁兽，灵气所钟。

不践生草，不履生虫。

繄吾人类，应知其义。

举足下足，常须留意。

既勿故杀，亦勿误伤。

去我慈心，存我天良。

［附注］：儿时读《毛诗·麟趾章》，注云："麟为仁兽，不践生草，不履生虫。"余讽其文，深为感叹。四十年来，未尝忘怀。

今撰护生诗歌，引述其义。后之览者，幸共知所警惕焉。

我的腿

（旧配之诗，移入《修罗二》）

我的腿，善行走。

将来不免入汝手，

盐渍油烹佐春酒。

我欲乞哀怜，

不能作人言。

愿汝体恤猪命苦，

勿再杀戮与熬煎！

画集中《倒悬》一幅，拟乞改画。依原配之诗上二句，而作景物画一幅（即是"秋来霜露……芥有孙"之二句）。画题亦须改易，因原画之趣味，已数见不鲜，未能出色，不如改作为景物画较优美有意味也。再者《刑场》与《平等》二幅，或可删，亦可留，乞仁者酌之。

论月

八月廿四日

三

（一九二八年八月廿六日，温州）

子恺居士慧览：

将来排列之次序，大约是：

（一）《夫妇》，（二）《芦菔生儿芥有孙之画》（案芦菔俗称萝卜），（三）《沉溺》，（四）《凄音》等。中间数幅，较前所定者，稍有变动。至《农夫与乳母》以下，悉仍旧也。

再者，《芦菔生儿芥有孙之画》，乞仅依"秋来霜露满东园，芦菔生儿芥有孙"二句之意画之。至末句中鸡豚，乞勿画入。

以前数次寄与仁者之信函，乞作画或改题者，兹再汇记如下：

△增画者《忏悔》《平和之歌》，共二幅。

△改画者《芦菔生儿芥有孙之画》（旧题为《倒悬》，今乞改题）、《今日与明朝》（旧题为《悬梁》）、《母之羽》，共三幅。

△修改画题者《沉溺》（原作《溺》）、《凄音》（原作《囚徒之歌》）、《诱惑》（原作《诱杀》）、《修罗一》（原作《肉》）、《修罗二》（原作《修罗》），共五处。

以上所写，倘有未明了处，乞检阅前数函即知。

演音上

八月廿六日

今年夏间，由嘉兴蔡居士寄玻璃版印《华严经》二册至尊处（江湾），想早已收到（当时仁者在乡里），前函未提及，故再奉询。

四

（一九二八年九月初四日，温州）

子恺居士：

前复信片，想达慧览。尚有白话诗二首，亦已作就，附写如下：

母之羽

雏儿依残羽，殷殷恋慈母。

母亡儿不知，犹复相环守。

念此亲爱情，能勿凄心否？

此下有小注，即述蝙蝠之事云云。俟后参考原文，再编述。

平和之歌

昔日互残杀，今朝共舞歌。

一家庆安乐，大地颂平和。

附短跋云：李、丰二居士，发愿流布《护生画集》。盖以艺术作方便，人道主义为宗趣。虽曰导俗，亦有可观者焉。每画一页，附白话诗，选录古德者□首，余皆贤瓶道人补题。纂修既成，请余为之书写，并略记其梗概。

新作之诗共十六首，皆已完成。但所作之诗，就艺术上而论，颇有遗憾。一以说明画中之意，言之太尽，无有含蓄，不留耐人寻味之余地。一以其文义浅薄鄙俗，无高尚玄妙之致。就此二种而论，实为缺点。但为导俗，令人易解，则亦不得不尔。然终不能登大雅之堂也。

画稿之中，其画幅大小，须相称合。如《母之羽》一幅，似稍小。仁者能再改画，为宜。虽将来摄影之时，可以随意缩小放大，但终不如现在即配合适宜，避免将来费事。且于朽人配写文字时，亦甚蒙其便利也。

附二纸，为致李居士者。乞仁者先阅览一过，便中面交与李居士，稍迟未妨也。

演音上

九月初四日

五

（一九二八年九月十二日，温州）

子恺居士：

昨晚获诵惠书，欣悉一一。兹复如下：

△续画之画稿，拟乞至明年旧历三月底为止。（因温州春寒殊甚。未能执笔书写。须俟四月天暖之后，乃能动笔。）由此时至明春三月，乞仁者随意作画，多少不拘。朽人深知此事不能限期求速就（写字作文等亦然）。若兴到落笔，乃有佳作。所谓"妙手偶得之"也。至三月底即截止，由朽人用心书写。大约五月间，可以竣事。仁者新作之画，乞随时络续寄下。（又以前已选入之画稿及未选入者，并乞附入，便中寄下。）即由朽人选择。其选入者，并即补题诗句。

△白居易诗，"香饵"云云二句，系以鱼喻彼自己，或讽世人，非是护生之意。其义寄托遥深，非浅学所能解。乞勿用此诗作画。

△研究《起信论》，译佛教与科学之事，暂停无妨。礼拜念佛功课未尝间断，戒酒已一年，至堪欢喜赞叹。唯在于用心之诚恳恭敬与否，不专在于形式上之多少也。

△网篮迟至年假时带去，无妨。

△珂罗版《华严经》，乞赠李圆净居士一册。

盥漱避虫蚁，亦是护生命。

充此仁爱心，可以为贤圣。

盥漱避虫蚁

△以后作画，无须忙迫。至画幅之多少，亦不必预计。如是乃有佳作。

△倘他日集中画幅再增多之时，则已删去之画，如《倒悬》《众生》（又名《上法场》）等，或仍可配合选入，俟他日再详酌。

△许居士如愿出家，当为设法。

△明年大约仍可居住庆福寺。因公园以筹款不足，停止进行，故尚安静可住。承诸友人赠送之资，至为感谢。此次寄来之廿元，拟留充明年自己之零用。至于明年，尚需贴补寺中全年食费约六十元。又于地藏殿装玻璃门，及《续藏经》书柜之木架等费，朽人拟赠予寺中三十元。共计九十元。倘他日有友人送款资至仁者之处，乞为存积。俟今年阴历年底，朽人再斟酌情形。倘需用此款者，当致函奉闻，请仁者于明年春间便中汇下。此事须今年年底酌定，故所有款资，拟先存仁者之处，乞勿汇下。

△明年朽人能于秋间至上海否，难以预定。或不能来，亦未可知。因近来拟息心用功，专修净业。恐出外云游，心中浮动，有碍用功也。统俟明年再为酌定。

△明年与后年，两年之中，拟暂维持现状。至于夏居士所云建造房舍之事，俟辛未年，再行斟酌。

草草奉复。不具。

演音上

九月十二日

再者，以后惠函，信面之上，乞勿写"和尚"二字。因俗例，须本寺住持，乃称和尚。朽人今居客位，以称大师或法师为宜。

再者，愚夫愚妇及旧派之士农工商，所欢喜阅览者，为此派之画。但此派之画，须另请人画之。仁者及朽人，皆于此道外行。今所编之《护生画集》，专为新派有高等小学以上毕业程度之人阅览为主。彼愚夫等，虽阅之，亦仅能得极少份之利益，断不能赞美也。故关于愚夫等之顾虑，可以撇开。若必欲令愚夫等大得利益，只可再另编画集一部，专为此种人阅览，乃合宜也。

今此画集编辑之宗旨，前已与李居士陈说。第一，专为新派知识阶级之人（即高小毕业以上之程度）阅览。至他种人，只能随分获其少益。第二，专为不信佛法，不喜阅佛书之人阅览。（现在戒杀放生之书出版者甚多，彼有善根者，久已能阅其书，而奉行唯谨。不必需此画集也。）近来戒杀之书虽多，但适于以上二种人之阅览者，则殊为稀有。故此画集，不得不编印行世。能使阅者爱慕其画法崭新，研玩不释手，自然能于戒杀放生之事，种植善根也。鄙意如此，未审当否？乞仁等酌之。又白。

六

（一九二九年旧八月廿九日，上虞）

子恺居士：

前日已至白马湖。承张居士代表招待一切，至用感慰。兹有四事，奉托如下：

一、乞画澄照律祖像一幅。别奉样式一纸，乞检阅。此像在《续藏经》中，今依彼原稿，略为缩小。如别纸中朱笔所画轮廓为限。如以原稿太繁密者，乞仁者依己意稍为简略。但仍以工笔细线画之为宜。画纸乞用拷碑纸，因将刻木板也。此画像，能于旧历九月中旬随夏居士返家之便带下，为感。

二、前存尊处之马一浮居士图章一包，乞于便中托人带至杭州，交还马居士。但此事迟早不妨。虽迟至数月之后亦可。马居士寓杭州联桥及粥教坊之间，延定巷旧第五号（或第四第六号）门牌内。

三、福建苏居士，今春在鼓山，定印《华严疏论纂要》多部。（此书系康熙古版，外间罕有流传。每部大约六十册，实费二十元。）拟以十二部分赠予日本各宗教大学及图书馆等，托内山书店代为分配及转寄。又以二部赠予上海功德林流通。附写信二纸，乞于便中转交内山书店及功德林佛经流通处为感。

四、有人以五元托仁者向功德林代请购下记之书：《华严处会感应缘起传》一册。其余之资，皆请购（功德林藏版）《地藏菩萨本愿经》若干册及其邮费。此书代为邮寄"温州大南门外庆福寺因弘法师收"。无须挂号。此款乞暂为垫付，俟他日托夏居士带奉。种种费神，感谢无尽！惟净法师偕来，诸事甚为妥善。秋后朽人或云游他方，仍拟请惟静法师在晚晴山房居住，管理物件及照料一切。彼亦有愿久住山房之意。闻仁者近就开明编辑之事，想甚冗忙，如少闲暇，九月中旬可以不来白马湖。俟他时朽人至上海，仍可晤谈也。俗礼幸勿拘泥，为祷。不具。

演音疏

旧八月廿九日

七

（一九三七年九月十九日，厦门）

丰子恺居士：

旧刻佛像二面，印一方，以奉广洽法师。附奉上一包，乞付邮挂号寄去。

演音

丁丑九月十九日

致李圣章

一

（一九二二年四月初六日，温州庆福寺）

圣章居士慧览：

二十年来，音问疏绝。昨获长简，环诵数四，欢慰何如。任杭教职六年，兼任南京高师顾问者二年，及门数千，遍及江浙。英才蔚出，足以承绍家业者，指不胜屈，私心大慰。弘扬文艺之事，至此已可作一结束。戊午二月，发愿入山剃染，修习佛法，普利含识。以四阅月力料理公私诸事：凡油画、美术、图籍，寄赠北京美术学校（尔欲阅者可往探询之），音乐书赠刘子质平，一切杂书零物赠丰子子恺（二子皆在上海专科师范，是校为吾门人辈创立）。布置既毕，乃于五月下旬入大慈山（学校夏季考试，提前为之），七月十三日剃发出家，九月在灵隐受戒，始终安顺，未值障缘，诚佛菩萨之慈力加被也。出家既竟，学行未充，不能利物，因发愿掩关办道，暂谢俗缘。（由戊午十二月至庚申六月，住玉泉清涟寺时较多。）庚申七月，至新城贝山（距富阳六十里）居月余，值障缘，乃决意他适。于是流浪于衢、严二州者半载。辛酉正月，返杭居清涟。三月如温州，忽忽年余，诸事安适，倘无意外之阻障，不它往。当来道业有成，或来北地与家人相聚也。音拙于辩才，说法之事，非其所长，行将以著述之业终其身耳。比年以来，此土佛法昌盛，有一日千里之势。各省相较，当以浙省为第一。附写初学阅览之佛书数种，可向卧佛寺佛经流通处请来，以备阅览。拉杂写复，不尽欲言。

释演音疏答

四月初六日

尔父处亦有复函，归家时可索阅之。

二

（一九二四年三月十一日，衢州三藏寺）

圣章居士丈室：

惠书诵悉，感慰无已！今犹有余资，他日须者，当以奉闻。

比移居三藏寺暂住，今后来信，希邮至衢州东乡全旺镇懋泰南货号，转交三藏寺内朽人手收。率复，不尽一一。

昙昉疏

三月十一日

三

（一九二四年旧四月十七日，衢州莲花寺）

圣章居士慧览：

　　居衢以来，忽忽半载。温州诸人士屡来函，敦促朽人返彼继续掩室，情谊殷挚，未可固辞。不久即拟启程，行旅之费，已向莲花寺住持借用三十元。尊处如便，希为代偿，由邮局汇兑此数，以汇券装入函内，双挂号寄交衢州莲花村莲花寺德渊大和尚手收为祷。温州通讯之处为大南门外庆福寺，是旧游之地也。此次赴温，由衢经松阳、青田，较绕道杭沪稍近，约七日可达。率达，不具。

昙昉疏

四月十七日

四

（一九二四年旧六月廿一日，温州庆福寺）

圣章居士丈室：

昨承来旨，委悉一一。荷施资致返莲华，感谢无尽。四月初，衢州建普利道场，朽人入城随喜。以居室不洁，感受潮秽之气，因发寒热（非是疟疾），缠绵未已；延至五月初七八日乃愈。又其时并患咳嗽痰滞，迄今已将三月，虽颇轻减，仍未止息，想已转成慢性痼疾。然决无大碍，希为释怀。朽人于四月十九日自衢州起行，廿五日达温。比拟继续掩室，一以从事修养，一以假此谢客养疴。朽人近年以来，神经衰弱至剧，肺胃心脏，并有微恙，故须节其劳瘁，息心静养也。居此费用，周居士仍继续布施（前居温二年亦受其施），情不可却。前承仁者允施者，今可不须；俟他日有别种须用时，再以奉闻。谨致谢意，不尽欲言。

昙昉疏答

六月廿一日

掩室已后，仁者及其他至友数处，仍可通信，唯希仁者勿向他人道及。以此次返温，知之者希，欲免其酬应之劳也。

五

（一九二四年旧九月二十六日，温州庆福寺）

圣章居士：

岁在颛顼之虚，九月二十六日，制印以付。

昙昉疏

未审仁者仍在京寓不？故先奉询，希复，即以邮奉。

六

（一九二四年十月廿一日，温州庆福寺）

圣章居士：

省书，承悉一一。浙地信佛法者众，此次变乱，故能转危为安，至可庆忭。宿疾当不为患。尔来编校，颇劳心力，为困惫耳。撰述律学四种，明岁刊印讫，当以奉览。印石并呈，此不宣具。

昙昉答白

十月廿一日

七

（一九二四年十一月十二日，温州庆福寺）

圣章居士慧览：

　　顷诵三日所发手书，具悉一一。小印前已挂号付邮寄上，如未收到者，希以示知，再为镌刻寄奉也。挂号证已遗失，不能稽查。时事未宁，邮物往往不达。前月汇金至南京请经，金与函悉遗落，未可追究，无如之何也。率复。

昙昉答

十一月十二日

八

（一九二四年十一月廿一日，温州庆福寺）

圣章居士丈室：

　　爰逮五日来启，用慰驰结，去冬十一月十七日（阿弥陀佛诞）写佛号四十八页，分付是间道侣，今检一页，别奉仁者。附赍《印光法师文钞》一部（是为第四次新版，卷首有余题词，附载《印造经像文》亦余所撰述），《了凡四训》四册，希于清暇，披寻其趣，愿珍德还白。不次。

论月疏

十一月廿一日

九

（一九二四年旧十二月十六日，温州庆福寺）

圣章居士：

省书，所论甚是，斯事未果行。今岁初夏大病已来，血亏之症，较前弥剧（寒暑在五十度以下，即寒不可耐，幸是间气候殊燠）。神经衰弱症，始自弱冠之岁，比年亦复增剧。俟此次撰述事讫（明正可了），即一意念佛，不复为劳心之业矣。承爱念，率复，不次。

昙昉答白

嘉平十六夕

比年所撰文字十数首，小暇当写以奉览，聊志遗念。尔后将捐弃笔墨，无再浪费精神矣。

十

（一九二五年正月廿五日，温州庆福寺）

李圣章居士：

近将迁徙他所，俟决定后，即以奉闻。今后乞暂勿来函，匆卒不具。

昙昉

正月廿五日

十一

（一九二五年正月廿八日，温州庆福寺）

圣章居士：

昨邮一片，计达慧览。近以迁徙事，预计颇有所须，希仁者斟酌资助为感。来书乞寄温州南门内谢池里周孟由居士收下，转交朽人手收。汇款由邮局为善。填写汇票单时，其第五项（兑付局名或其支局）之一项，乞填写"温州南门内铁井栏支局"十字。率以奉陈，殊未宜悉。

昙昉疏

正月廿八日

十二

（一九二五年旧二月十五日，温州庆福寺）

圣章居士：

顷诵惠书，并承施金三十元，感谢无尽。是中拟以八元为添换衣被等费，以二十二元为行旅之资及旅中所需也。此数已可敷用，他日万一尚有他种要需，再当奉闻。附近作《崔母往生传》致慧览，率以答白，不具一一。

昙昉疏
二月十五日

十三

（一九二五年旧三月廿二日，温州庆福寺）

李圣章居士：

本意他适，庆福寺主谆留往彼附属山中兰若试住。拟于下月二日徙居，如可安隐，则久居彼处，否则仍他适也。今后通函，由庆福寺转交。

昙昉略白
三月廿二日

十四

（一九二五年五月七日，温州庆福寺）

李圣章居士：

尔有友人约偕往普陀，附挂号寄写稿并书籍一包，希收入。今后居所确定后，再以奉闻。

昙昉白

五月七日

十五

（一九二五年十月廿三日，温州庆福寺）

圣章居士丈室：

五月往普陀，参礼印光法师，六月返温。八月将如钱塘，抵海门，乃知变乱复作，因留滞上虞、绍兴者月余。本月初旬归卧永宁，仍止庆福。居上虞、绍兴时，与同学旧侣晤谈者甚众，为写佛号六百余页，普结善缘，亦希有之胜行也。老友丏尊曾撰序《子恺漫画集》文，刊入《文学周报》，略记朽人近状，附邮以奉慧览。又佛号数页，亦并邮呈，此未委具。

昙昉疏

十月廿三日

十六

（一九二六年十一月初五日，杭州虎跑寺）

圣章居士：

　　夏间寄至温州之函，因辗转邮递，已过时日，故未奉复。自巴黎发来之函，前日披诵，欣悉一一。朽人于今年三月至杭州，六月往江西牯岭，本月初旬乃返杭州。现居虎跑过冬，明年往何处尚未定。仁者于明年到上海时，乞向江湾立达学园丰子恺君处询问朽人之居址至妥。倘朽人其时谢客，亦可在他处约谈。当于明春阳历三月写一信预存丰君处。仁者至彼处，即可索阅也。倘丰君不在校，乞问他职员亦可。以后通信，乞寄杭州延定巷五号马一浮居士转交至妥。天寒手僵，草草书此。

演音

十七

（一九二七年旧三月廿八日，杭州常寂光寺）

圣章居士：

前获来书，具悉一一。朽人现住杭州清波门内四宜亭常寂光寺。如乘火车抵杭州，天尚未黄昏者，乞唤人力车至清波门内四宜亭（车价至多小洋三角）；如抵杭州已黄昏者，乞在旅馆一宿，明日唤车来此。将来到杭州时，以住常寂光寺为宜：一者费用少，二者清洁寂静，可以安眠也。余面谈。

弘一

旧三月廿八日

草妨步则薙之，木碍冠则芟之。

其他任其自然，相与同生天地之间，亦各欲遂其生耳。

春草

致李圆净

一

（一九二八年八月廿三日，温州）

圆净居士慧览：

昨奉惠书，诵悉一一。承寄藏经目，甚感。画集装订之事，于前函及致子恺之函内，已详言之。即是：

（一）用日本连史纸印，不用洋纸印。

（二）用美丽之封面画及色彩调和之封面纸。（不拘中西）

（三）用美丽之线，结纽钉之。不用旧式书籍穿钉之式。亦不用洋装。

若仅赠送国内之人，即依此法装订印刷。（排印时，无论图画与文字，及附录之长篇白话文，皆不用边。与子恺之《漫画集》相同。但所不同者，彼用洋纸，此则用连史纸耳。）若欲赠送日本各处者，则更须添印二三百部，纯用中国旧式之纸料（内容之纸及封面之纸皆然）精工印刷。至装订，仍不妨用色线结纽。若如是者，乃合日本人之嗜好。倘用洋纸印刷及洋装等，则彼等视之，殊无意味。此事子恺当深知之。

至于用中国旧式之纸料印刷，以用上等旧式之连史纸为宜。如嫌其价昂，可改用上等旧式之毛边纸，或用温州所出之旧式"七刀纸"，皆能合日本人之嗜好。此种纸张，颜色虽不洁白，然亦颇古雅不俗也。总之，若欲投日本人之嗜好，须用中国旧式极雅致之纸料印之。若欲投吾国新学家智识阶级之嗜好，须用日本连史或洋纸印之。拙见如是，未审然否？

画稿俟子恺改正寄来后，朽人当为补题诗句及书写。大约须费一月左右之力（从画稿寄到后计算）。倘无疾病，即可以做到。吾人做事，固应迅捷。然亦不可心忙，过于草率。俟全部题写已毕，再一并寄上，由仁者斟酌募资。吾人为弘法利生，募款印书，固应热心从事，然亦不能过于勉强。倘因缘未能成熟，只可从缓暂待。穆居士处，久未通讯。朽人近年以来，心灰意懒，殊不愿与人交际。即作文写字等事，至此画集完成后，亦即截止。以后作文诗之事，决定停止（因神经衰弱）。至写字之事，唯写小幅简单之佛菩萨名号，或偶写一书签耳。诸乞鉴谅为幸！

演音上

八月廿三日

尤居士寄来诗，已收到。惜不甚贴切，今拟重做。

二

（一九二八年八月廿八日，温州）

圆净居士慧照：

顷奉到挂号尊函及明信一，并《藏经》样本一包，敬谢！

以前凡得诵尊函及获子恺函后，皆随时作复。但有时来另函复与仁者，仅于复子恺函内，附提及，托彼转达。前得子恺函，谓须写封面二张，随即书写，寄与子恺（大约在八月十六日以前发出）。故未寄与仁者（因仁者之函在后到，仁者函来时，此封面已寄出矣）。此次诸事，所以仁者未能接洽者，或因邮局罢工，信件迟到。或因子恺已返故乡，朽人凡寄与子恺之函至江湾者，彼皆未能披阅，转达仁者。故迟迟耳。尚有二原因：其一，为沪温之间，每周仅开轮船二次（或有时仅一次）。凡尊处与朽人来往之信件，或碰巧者，则二三日即到。若迟者，或至七八日，故往返之间须时半月。又朽人在温，不能常常出门。凡有信件，皆托人送至邮局。彼人或即送出，或迟数日送出，或径遗失，朽人则不之知也。因此种种缘故，致令仁者时以悬念，至用歉然！

近日寄与子恺之函，记之于下：

> 八月廿二日，挂号函一件，挂号画稿等一包。（同时寄与仁者一信片，请仁者至江湾索阅彼函）。廿三日，函一件；廿四日，信片一张；廿六日，函一件。皆写新作之诗。

关于画集之事，乞仁者披阅上记之函片，即可详悉。朽人重作之诗，除有二首须俟画集新稿于他日寄到时，乃能依画着笔外，其余之诗，皆已作好。现在专俟子恺将改订增加之画稿寄来（连同全部画稿寄来）。朽人即可补作诗二首，并书写全文（大约须一个月竣事）。此次关于画集之事，朽人颇煞费苦心。总期编辑完美，俾无负仁者期望之热诚耳。不具。

演音上
八月廿八日

将来画集出版后，除赠送外，或可酌定微价，在各处寄售流通。因赠送之书断难普及。有时他人愿得者，因已送罄，无处觅求，至为遗憾。

三

（一九二八年九月初四日，温州）

圆净居士慧览：

昨奉到尊片，又双挂号寄到稿本册，同时收到。

书写对照文字，须俟画稿寄到，乃能书写。因每页须参酌画幅之形式，而定其文字所占之地位。（或大或小，或长或方或扁，页页不同，皆须与画相称。）又每写一页时，须参观全部之绘画及文字之形式，务期前后统一调和。（不能写一页，只照管一页。）故将字与画分两回寄上之事，亦势有所未能。诸乞亮之为幸。

朽意以为此事无须太速，总期假以时日，朽人愿竭其心力为之编纂书写。俾此集可以大体完善，庶不负仁者期望之热忱耳。

《护生痛言》，至为感佩。拟留此详读，俟对照文字写就，于他日一齐挂号奉上。

《调查录》中所载之各团体，大半有名无实。故凡有赠送之书，宜先赠一册。并附一明信片告彼等，如愿多得者，可再函索，并附寄邮费，云云。如此办法，最为合宜也。且就朽人所知者而论，各团体多是若有若无，其能聚集数十人而开念佛会者，其中之人，亦大半不识文字。或有少数之人，曾在私塾读书数年者，文理亦不能通。故各处赠送之书等寄来者，以五彩石印洋纸西方三圣像，为彼等大半所欢迎请求。其次，则为《弥陀经》白文。至于《弥陀经白话解》，亦有少数之人能阅览。至其他诸书，则能阅者殊希。

前月北京万居士之流通处，代人分送《陀罗尼》二种。依《调查录》所载之各机关，各赠送二十册。此种悲心，固甚可钦佩。但恐阅者不多。其寄至庆福寺者，直无处可以转送。即朽人亦不愿披阅，只可束之高阁而已。

再者，凡赠送之书，必分出若干部，以极廉之价，于各处寄售。因分送之书，不久即罄。他日有人愿得者，无处可以觅求，每兴向隅之叹也。

以上两事（一为不可多赠，一为须分出若干部寄售。朽人之意，非是阻止法宝流通。实愿法宝不致虚弃，俾不负施者之意耳。）实为朽人多年经验，所常常眼见者。拟请仁者编辑《新调查录》时，附以赠送佛书时应注意之事数则刊入。（除上记之二事外，乞仁者与尤居士酌增。）俾他日有人依《调查录》赠送佛书时，可以得良善之办法也。

关于画集印刷排列格式之事，俟后再详陈。仁等对于此事，具有十分之热忱，至用钦佩。《上法场》一画，拟不编入。此次未编入之画稿，虽可希望他年能再出二集。但此事难以预定。且朽人精力衰颓，急欲办道。此次画集竣事之后，即谢绝一切，不能再任嘱托之事。朽意以为未编入之画稿，或可附入他种戒杀书中出版。（如居士林之洋装本，最为合宜。）此事将来有便，再乞仁等酌之。

新作之诗，皆已作就，共十六首。务期将全集之调子，调和整齐。但终未能十分满意耳。不具。

演音上

九月初四日

两集出版之后，若直接寄赠与各学校图书馆，似未十分稳妥。应由校中教员转交，乃为适宜也。现在即可托人调查介绍。如浙江两级师范图画手工专修科，及第一师范毕业生，现在某校任艺术教员者。又如上海美术学校及专科师范毕业生，现在某校任艺术教员者，皆可托子恺及吴梦非等设法调查。其南京两江师范图画手工专修科，可托姜敬庐居士调查。俟画集出版之后，每校共赠二册。一赠予此艺术教员，一乞彼转赠与彼校图书馆。朽意以为不仅限于赠送艺术学校。其他之中等以上之学校，皆可赠送。乞酌之。

或恐此画集，须迟至明春乃可出版。则延至明春再调查亦可。因各校教员，至年底或须更动也。

致丐因居士

一

（一九二四年旧二月二日，衢州）

丐因居士：

前奉手书，具悉一一。孙居士精进修习，欢赞无量。承寄《十要》等五册，今日已受收，晤时乞为致意。别邮《崔母传赞录》一册，敬赠仁者。（仅存此一册，未能遍赠道俗为憾。）常惺法师之文甚精，乞详览。

昙昉疏

二月二日

朽人于夏秋之际，或往他方。《华严疏钞》乞暂存尊斋，勿即寄还。俟将来住所安定后，再以奉闻。

二

（一九二四年八月廿五日，温州）

丏因居士丈室：

　　顷诵惠书，欣悉一一。拙述《四分律比丘戒相表记》，今已石印流布。是书都百余大页，费五年之力编辑，并自书写细楷。是属出家比丘之戒律，在家人不宜阅览。但亦拟赠仁者及李居士各一册，以志纪念。开卷之时，不须研味其文义，唯赏玩其书法，则无过矣。又拙书《地藏菩萨本愿经见闻利益品》，书法较《回向品》为逊，今亦付石印以结善缘。尊宗禹泽居士，未审今居杭何处？希示知。拟以《四分律表记》二册及《华严疏钞》四册，送存彼处，俾便他日面奉仁者。（《表记》册太大，不便邮寄。若《地藏经》早日印就，亦并交去，否则他日另寄。）尊印《回向品》共若干册，并乞示知。《四分律表记》共印千册。（由穆居士以七百金左右独力印成。）以五百册存上海功德林佛经流通处，以三百二十册存天津佛经流通处，皆系赠送。如有僧众愿研求比丘律者，若居士等愿将此以为纪念者，皆可托人向上海功德林就近领取。《地藏经》共印多少，如何分法，今尚未悉。朽人不久将往他方，今移居杭州城内银洞巷六号虎跑下院暂住，料理未了诸事。惠复乞寄上海江湾镇立达学园丰子恺居士转交，恐朽人不久或去杭也。承询所需，俟后有需，当以奉闻。敬谢厚意。此未宣具。

胜臂疏答

八月廿五日

三

（一九二四年十二月初三日，温州庆福寺）

丏因居士丈室：

顷诵书，并承惠施毫笔四管，谢谢。《华严经疏》科文十卷，未有刻本。日本《续藏经》第八套第一册、二册，有此科文。他日希仁者至戒珠寺检阅。疏、钞、科三者，如鼎足，不可缺一。杨居士刻经疏，每不刻科文，厌其烦琐，盖未尝详细研审也。（钞中虽略举科目，然或存或略，意谓读疏者，必对阅科文，故不一一具出也。）今屏去科文而读疏钞，必至茫无头绪。北京徐居士刻经，悉依杨居士之成规，亦不刻科。所刻《南山律宗》三大部，为近百册之巨著，亦悉删其科文，朽人尝致书苦劝，彼竟固执旧见，未肯变易，可痛慨也。

昙昉白

十二月初三日

《华严经疏钞》为光绪十年（1884年）妙空大师于江北刻经处刊刻，妙空为杨居士之师，故杨居士所刻之经疏，亦多删其科文，依彼旧例。

四

（一九二四年十二月六日，温州庆福寺）

丏因居士：

书悉。《华严疏钞》，唯有仁者能读诵，故以奉赠。来书谦抑太甚，未可也。《疏钞》第十《回向章》及《十地品》初地前半共一册，乞寄下。《疏钞》中近须检阅者凡五册：一、《净行品》（一册），二、《十行品》（二册），三、《十回向品初回向章》（一册），四、《十回向章》（一册），此五册迟数月后再邮奉尊斋。以外诸册，不久悉可寄上。《悬谈》在杭州，《疏钞》存上海，不久可以寄来。明后二年，谢客养静，未能通问。《回向初章》印就时，乞惠寄朽人五册，仍交丁居士家。并乞寄天津东南城角清修院清池大和尚三册，至为感谢！（《回向》初章中听字写从壬，大误。后匆匆不及改写。切字从十者，依唐人《一切经音义》之说，以十表无尽也。）

月臂

十二月六日

五

（一九二六年旧三月廿二日，杭州招贤寺）

丏因居士：

　　初六日来杭，寓招贤寺。数日以来，与诸师友有时晤谈。自廿五日（立夏日）始，方便掩室，不见宾客。《疏钞》二十九册，印一方，乞收入。《开示录》三册，乞仁者受一册，其二转赠孙、李二居士。《疏钞》已阅竟者，便中托妥实之友人（由绍来杭之人甚多，故可不须付邮）带至杭州，送呈招贤寺（里西湖新新旅馆旁）住持弘伞法师（或弘伞法师出外者，乞交副寺师代收，须掣取收条乃妥）转交朽人。《往生论注》尚未由温州转到。谨达，不具一一。孙居士乞代致意，附一笺乞交李居士。

昙昉疏

三月廿二日

散帷埋馬
散蓋埋狗
散衣埋豬
於彼南畝

學童補題

敝帷埋马，敝盖埋狗。
敝衣埋猪，于彼南亩。

敝衣不弃为埋猪也

六

（一九二六年五月十九日，杭州招贤寺）

丐因居士丈室：

书悉。近与伞法师发愿重厘会修补校点《华严疏钞》。（今之《会本》，为明嘉靖时妙明法师所会。彼时清凉排定之科文久佚，妙师臆为分配，故有未当处。妙明《会本》，后有人删节，甚至上下文义不相衔接。《龙藏》仍其误。今流通本又仍《龙藏》之误。以上据徐居士考订之说。）伞法师愿任外护，并排版流布之事。（伞法师谓排版为定，可留纸版，传之永久。）朽人一身任厘会、修补、校点诸务。期以二十年卒业。先科文十卷，次悬谈，次疏钞正文。朽人老矣，当来恐须乞仁者赓续其业，乃可完成也。此事须于秋暮自庐山返后，再与伞师详酌。若决定编印，尚须约仁者来杭面谈一切。前存尊斋《疏钞》等，乞暂勿送返。是间有《续藏》可阅。伞师又将觅木版流通本以为编写之稿本。（改正科会及增补原文之处，皆剪贴，即以此本排印，不须另写。）近常与湛翁晤谈。彼诗兴甚佳。他日来杭，可往访也。

论月疏

五月十九日

七

（一九二六年七月晦，庐山大林寺）

亐因居士丈室：

别久为念。留滞匡山，忽忽二月。溽暑之候，有如深秋，诚清凉之胜境也。尔来颇思读《华严大疏》。仁者若已诵讫者，希以邮下。（寄九江牯岭大林寺转交弘一。）仁者精进何如？孙居士学《起信论》，能得途境不？时以为念。不具——。

月臂疏

七月晦日

八

（一九二六年十二月十一日，杭州）

亐因居士丈室：

曩乞李居士奉上一书，想达慧览，[仁者礼诵《华严》，于明年二月十五日（即释迦牟尼佛涅槃日）始课，最为适宜。此前有暇，可以检查文字之音读。自是日始课者，绍隆佛种，担荷大法义也。仁者勉旃。]

兹邮奉日课一页，并《悬谈》八册，希收受。日课中说明甚简略，兹补记如下：

礼敬之前，应先于佛前焚香供养，能供花尤善。偈赞所书者，为举其一例。所诵之偈赞，可以随时变易，以己意选择。《华严经》中偈文，悉可用也。诵《华严经》，用疏钞本诵亦可。若欲别请正本，以杭州昭庆慧空经房之本最善。（句读稍有舛误脱落，但讹字甚少。毛太纸本价四元八角，新连史本七元八角。若大字折本，即俗称梵本者，价十八元。此本校对尤精。）三皈依亦应廷声唱诵。依此课程行持，约需一小时三十分。初行之时，未能熟悉者，至多亦不逾二小时。每日读《华严》一卷之外，并可以己意别选数品深契己机者，作为常课。常常读诵。（或日日诵，或分数日诵。）朽人读《华严》日课一卷以外，又奉《行愿品别行》一卷为日课，依此发愿。又别写录《净行品》《十行品》《十回向品》（初回向及第十回向章）作为常课。每三四日或四五日轮诵一遍。附记其法，以备参考。尊处或无适宜之佛像，今附邮奉日本名画《华严图》三页，又古画《阿弥图像》三页，以各一页奉与仁者供养。如李、孙二居士亦发心供养者，乞以其余转施予二居士，唯举置而不供养，则有所未可耳。

月臂疏

十二月十一日

九

（一九二七年除夕，南安雪峰寺）

丐因居士：

　　惠书并《疏钞》一册，前日收到。晤谈宜俟五十来绍之时，今未能破例也。一浮居士当代陈说。仁者往访时，于名刺上自写弘一介绍数字可耳。《疏钞》近二十册。（内有数册，俟后续寄）又他种佛书二十余册，于正月初十日前送存友人处，以待仁者托人来领。（其寄存之处俟后奉达，今犹未决定也。）

月臂疏

除夕

十

（一九二八年正月十四日，温州庆福寺）

丐因居士丈室：

　　两书诵悉。《悬谈》八册，昨夕亦赍至。今邮奉《疏钞》十一册，又《往生论注》一册，亦并假与仁者研寻。杨仁山居士谓修净业者须穷研三经一论，论即《往生论》也。鸾法师注至为精妙。杨居士谓："支那莲宗著述，以是为巨擘矣。"附奉上《行愿品》一册，敬赠予仁者读诵，并希检受。《华严悬谈》，文字古拙，颇有未易了解处，宜参阅宋鲜演《华严悬谈抉择》（共六卷，初卷佚失，今存五卷，收入《续藏经》中）及元普瑞《华严悬谈会玄记》。（四十卷，常州刻经处刊行，共十册。）反复研味，乃能明了。仁者若欲穷研《华严》，于《清凉疏钞》外，复应读唐智俨《搜玄记》（共五卷，每卷分本末，第四卷之中已佚失，此残本，今收入《续藏经》中）及贤首《探玄记》。（二十卷，金陵刻经处刊行，共三十册。徐蔚如厘会）《清凉疏钞》多宗贤首遗轨，贤首复承智俨之学脉，师资绵续，先后一揆。三师撰述，并传世间，各有所长，宁可偏废。乃或故为轩轾，谓其青出于蓝，寻绎斯言，盖非通论。前贤创作者难，后贤依据成章，发挥光大，亦唯是缵其遗绪耳，岂果有逾于前贤者耶。至若慧苑《刊定记》（共十五卷，第六第七佚失，此残本今收入《续藏经》中）反戾师承，别辟径路，贤宗诸德，并致攻难，然亦未妨虚怀玩索，异义互陈，并资显发，岂必深恶而痛绝耶。春寒甚厉，手僵墨凝，言岂尽意。

昙昉疏答

正月十四日

今后邮寄书籍，乞包以坚固之纸数层，外以坚固之麻绳束缚稳牢。因绍至温，须数易舟车，包纸易致破碎，麻绳亦易磨断。附白。

十一

（一九二八年闰二月二十一日，温州庆福寺）

丏因居士丈室：

昔奉惠书，欣悉一一。今乞孙居士赍拙书石印本数种。希受。尔将移居大罗山。明岁若往嘉、杭，当与仁者晤谈。不具一一。

演音疏

闰月二十一日

十二

（一九二九年三月二十三日，厦门南普陀寺）

丏因居士丈室：

向邮明信，想达慧览。行期延缓，或须迟至明春耳。写经珂罗本印就，仍希邮至温州。前年曾奉上贤首国师墨迹影本，近检《续藏经》，亦载此文，后更附数行。委书赍往疏记等名目。仁者有暇，宜至嘉兴佛学会中检寻之。(《续藏经》第一辑第二编第八套第五册第四百二十二页。)附奉上拙书菩萨名号一页。此未宣悉。

善摄疏

三月二十三日

十三

（一九二九年旧八月廿九日，上虞白马湖）

丏因居士：

前夕来白马湖，秋暮或游他方。旧藏华严部等章疏甚多，仁者若有清暇研玩，当以寄存尊斋，聊供慧览。便中裁复，不宣。

演音疏

旧八月廿九日

《护生画集》再版，已由开明书店印行，较为精美。前仅寄到四册，在温即分罄。此书由他人主持发行，未便再索。仁者如欲一阅，便中向开明一觅之。附白。

十四

丏因居士慧鉴：

惠书具悉。寄存之书，共十三包。其中大部之书，有晋、唐译《华严经贤首探玄记》（此书极精要）。大本《起信论疏解汇集》等。（有木夹板二副，晋译《华严》用。）是等诸书，朽人他日倘有用时，当斟酌取返数种。若命终者，即以此书尽赠予仁者，以志遗念。此外有奉赠结缘之书及另纸等五包。（每包上有纸签写"赠送"二字）乞随意自受，并以转施他人，共装入两大网篮（约重七八十斤）。拟托春晖中学杨君（数年前在绍兴同游若耶溪者）暂为收贮。将来觅便，赍奉仁者。未审可否？乞裁酌之。若可行者，希即致函杨君来此领取。朽人十日后即往闽中。衰老日甚，相见无期。唯望仁者自今以后，渐脱尘劳，专心向道。解行双融，深入玄门。别奉上尊书简札数纸，以赠铭绍诸子。（附包入另纸中）此未宣悉。

演音疏

九月七日

十五

（一九三〇年十月初八日，慈溪金仙寺）

丏因居士慧鉴：

昨惠书，并《华严疏钞》，欢慰无尽。是书为亡友嘉兴陆无病医士旧藏者。士精通义解，勤修净业，命终之时，正念现前，念佛而逝。前年嗣子以是惠施于余。卷头标写品名卷数，是其遗墨，弥可珍贵。谨复，并致谢意。

演音疏

十月初八日

十六

（一九三一年旧四月八日，上虞法界寺）

丏因居士慧览：

前复书，计已先达，顷诵二十一日尊函，厚意诚挚，感谢无已。往禾之缘未熟，宜俟当来。重劳慈念，深用歉然耳。尔来目力大衰。近书《华严集联》，体兼行楷，未能工整。昔为仁者所书《华严初回向章》，应是此生最精工之作，其后无能为矣。小迟有书物一篮，奉诸仁者，拟乞杨居士便中赍住（迟迟无妨）。希仁者先为陈述其意。谨复，不具。为亡蜂念佛，最善。今之僧众礼忏者，未能如法，若念佛，则得实益矣。

音疏答

旧四月八日

十七

（一九三一年七月，慈溪五磊寺）

丏因居士慧鉴：

惠书并《灵峰年谱》，悉收到。尊翁墓碣愿为书写，希示其文句并尺寸。以后惠书，乞直寄慈溪鸣鹤场五磊寺弘一收。五磊住持者，承观宗寺谛公法派，道风甚隆。同居者九人，而过午不食者有四人，悉修净业。并达，不宣。

音疏答

十八

（一九三一年九月十六日，慈溪金仙寺）

丏因居士慧览：

　　惠书，承悉一一。厚意殷勤，感愧无已。闽中之行，为是夙约，未可中止。当来返浙，必来秀水小住，或久居以答仁者属望之切也。不宣。

演音疏

九月十六日

　　附奉拙书一束，希仁者自受并以转施他人。（数日后乃付邮）又白。

十九

（一九三一年十月十二日，慈溪五磊寺）

丏因居士：

　　近有韩老居士属书石佛寺联，拟请仁者代笔。（一下款写亡言，一下款写论月。）兹将原信并纸奉上。写就乞即交韩老居士为感。五磊寺主等发起南山律学院。余已允任课三年。（每年七个月，旧历二月十五日至九月十五日，余时他往。）明春始业。经费等皆已就绪。自今以后预备功课，甚为忙碌。半月之后（新历二十五左右动身），即往温州过冬。住址未定，俟后奉闻。李居士处，亦乞代告此意。谨达，不宣。

音启
十月十二日

二十

（一九三二年正月十一日，镇海伏龙寺）

丏因居士智鉴：

惠书诵悉。至用欢慰。朽人近年以来，两游闽南各地，并吾浙甬、绍、温诸邑，法缘甚盛，堪慰慈念。唯以居处无定，故久未致书问讯耳。去岁夏间，曾立遗嘱，愿于当来命终之后，所有书籍，悉以奉赠于仁者。（若他人有欲得一二种以为纪念者，再向仁者处领取。）是遗嘱当来由夏居士等受收耳。数日后，即返法界寺。秋凉仍往闽南。以后惠书，希寄绍兴转百官（若交民局寄者，乞将"百官"二字改为驿亭站；若交邮局寄者，宜用"百官"二字）。横塘庙镇寿春堂药店转交法界寺弘一收。附邮奉拙书一束，内有五言联及佛力小额，奉赠仁者，此外乞随意转施。谨复，不宣。

演音疏

旧正月十一日

前存仁处《贤首国师墨迹》一册，近欲请回供养，乞附邮寄下为感。又《圆觉大疏》一部，前在闽时，以数月之力圈点，并节录原文，乞仁者检出，觅暇阅之，当法喜充满也。附白。

二十一

（一九三二年旧四月六日，上虞法界寺）

丐因居士慧鉴：

惠书诵悉，感谢无尽！传言失实，非劫持也。今居法界尚安。近岁疾病，精神大衰，畏寒尤甚。秋凉仍往闽南耳。尔来法缘殊胜。上海佛学书局发愿印拙书佛经及屏联近二十种广为流通。《华严集联》已将写就，由刘居士影印。近又发心编辑南山律三大部纲要表记，约六七载乃可圆满。顺达，不宣。

音疏

旧四月六日

二十二

（一九三三年三月一日，厦门妙释寺）

丐因居士慧览：

惠书诵悉，厚意殷勤，感谢无尽！拙辑《地藏菩萨圣德大观》，不久由上海奉仁者与李居士，共一包，希转分赠为祷。音在此讲比丘律学，法缘甚胜。数日后仍续讲，或即在南闽过夏也。学校用教授法书，乞择其简要易解者惠施一部，以备研习教授方法，为讲律之用也。卢居士藏东西洋版佛像书甚多，有日本人编《莲座》一部，共三册，专述佛菩萨像之莲座种种形式，甚为美备。仁等未能来此观览，至为憾事耳。不宣。

演音疏

三月一日

二十三

（一九三三年六月，泉州开元寺）

丐因居士丈室：

惠书，欣悉一一。讲律尚须继续，今岁未能北上也。（杨少

浑、伍敏行、夏龙文、徐啸涛诸居士皆乞代为致候。）便中乞托
人向上海棋盘街艺学社，或他处购水彩画用铅瓶装朱红颜料两打
（计二十四瓶。原名 Vermilion，德国 Schaenfeld 公司制，或他处
亦可，以价廉者为宜。颜料系朱红色，与他种红有别也。若托能
绘水彩画者购之尤妥。）此物分赠予学律诸师圈点律书，及余自
用。乞以惠施。俟购妥后，付邮寄下（依包裹例）为感！

演音疏

二十四

（一九三三年七月，泉州开元寺）

丏因居士丈室：

惠书诵悉，承慈念，甚感！讲律未竟，不能返浙。又南闽冬
暖夏凉，颇适老病之躯也。朱红迟到无妨，非急需也。年假时，
仁者若归秀州，乞检《大智度论》全部付邮寄下至感。谨复，
不宣。

演音疏

二十五

（一九三四年九月十九日，厦门南普陀寺）

丐因居士清鉴：

惠书诵悉。居南闽二载，无有大病。其地寒暑调和，老体颇适宜耳（暑时不逾四十度）。今岁稻麦丰稔，商业依然凋零也。曾晤杨居士，为题其寓名曰："寒拾草堂"，因彼喜读寒山拾得诗也。谨复，不宣。

演音疏

九月十九日

来时萍藻欢迎，去处水天浩荡。
临渊乐与鱼同，不必退而结网。

群鱼

致性公老法师

一

（一九二九年七月八日，温州庆福寺）

性公老法师慈座：

前寄厦门一包，又信两封，未承惠复。想是法驾尚在泉州，未经收到也。末学即拟下山，云游各地。乞以后暂勿通信。前托友人为法座刻印，印稿附奉览。若冬初之时，末学能往闽者，即亲自带上。倘未能来者，即付邮局寄奉也。谨达。顺请法安！

末学演音稽首

七月八日

二

（一九二九年七月十四日，温州庆福寺）

性公老法师慈座：

数日前寄上一函，想达慈览。昨午披诵惠书，敬悉一一。诸承费神，感谢无尽！末学拟于八月云游诸方后，往温州小住，即由温州动身往厦（不经过上海），大约在旧历十月前后之时矣。俟到温州时，再奉函以闻。筑室之事，实不敢当。因末学近来既畏寒又畏暑。夏季或返温州，亦未可知也。谨复，顺请禅安！

末学演音稽首

七月十四日

三

（一九二九年旧九月廿四日，温州庆福寺）

性公老法师慈座：

敬启者，末学于昨午已到温州，不久即可往闽。拟先到南普陀暂住（因不知路途），然后再往山边岩。所有书籍，因携带不便，拟先交邮局寄闽。但未知山边岩及南普陀近来仍一切如常否？若寄书籍至南普陀，是否交广洽法师代收？乞费神示知。俟尊函到后，再觅船便动身（每月仅开二次，故须久候之）。广洽法师诸处，亦乞便中代为致意，至用感谢。

惠复乞寄"温州大南门外庆福寺弘一收"，至感。顺颂法安！

末学演音稽首

九月廿四日

四

（一九三〇年旧十一月廿六日，慈溪金仙寺）

性公老法师慈鉴：

顷诵惠书，欣悉一一。所云八月寄至法界寺之函，未经披诵（明春夏间拟返法界寺，其时当可披诵尊函），因中秋后，末学已出外云游矣。在金仙寺听经月余，近已圆满，拟于明日往温州度岁。承示法座驻锡云顶，至用欢忭。明岁当来厦亲近座下，以慰渴念。冯、蔡二居士属书之件，俟至温州后书写，付邮挂号寄奉。谨复，顺颂慈安！

末学演音稽首

十一月廿六日

觉斌诸法师前，均乞代为问安！

以后惠书，乞寄"温州大南门外庆福寺"为感。

五

（一九三一年八月初二日，慈溪金仙寺）

性公老法师慈鉴：

前月承惠寄至法界寺一函，数日前乃转到。近又获诵七月廿一日所发之尊简，敬悉一一。法体近想已大愈。后学数月以来，时有小疾。倘将来身体康健，当趋侍座下，以聆教益也。寺中诸师、诸居士等，均乞代为致候。

五月移居时，曾奉上一明信片，奉告地址。想金鸡亭遗失矣。

拙辑并书写《华严集联三百》（共有百页上下），已由开明书店印刷（样本二张附奉呈）。后学大约可得百册。俟出版时，敬以十数册呈奉慈座，以便转赠缁素诸道侣。上海佛学书局，近印拙书对联，又经数种（一个月后可印出五种）。因赠予后学者仅一二份或数份，不能广赠道侣。（若有欲得者，于一个月后，向佛学书局请购。）乞谅之。顺叩法安！

后学演音稽首

八月初二日

六

（一九三一年九月初八日，杭州虎跑寺）

性公老法师慈鉴：

惠书，敬悉一一。戒牒字草草写奉。《同戒录》题字，准于十月内奉上。后学近来屡屡伤风，身体衰弱，即拟往温州过冬（住处尚未定，俟后奉达），恐未能往闽南矣。谨复，顺颂法安！

后学音稽首

九月初八日

七

（一九三一年十月廿一日，慈溪金仙寺）

性公老法师：

前复函及写件，想已早达丈室。近又由宁波刘居士转寄上《华严集联》十册，计已收到。音今岁疾病频作，至今仍未复元。拟即在金仙寺过冬，俟明年觅得伴侣，再当偕来闽南亲近法座也。秋间有僧众发起律学院，欲令音任教务。音自顾殊难胜任，而彼等亦意见不定，未能一致，故已决定停办矣。以后惠书，乞暂寄宁波慈溪鸣鹤场金仙寺转交为妥。谨达，顺颂法安！

后学音和南

十月廿一日

附奉上致南普陀广洽大师一笺，乞于便中加封寄去为感。

八

（一九三一年旧十二月十三日，镇海伏龙寺）

性公老法师慈座：

惠书，敬悉一一。法会隆盛，至用欢慰。徐居士寓"天津英界十七号路宝华里一号"。上海夏居士处，附写一笺附上，并乞再将详细情形（去信日期，彼处来信之日期，及信之要义）另写一纸一并挂号寄去。寄至"上海百老汇路开明书店编译所夏丏尊居士收"至妥。宿疾渐愈。承慈念，深感。顺颂法安！

后学演音稽首

旧十二月十三日

以后惠书，乞寄"宁波镇海北乡龙山西门外周大有号转伏龙寺弘一收"。

九

（一九三二年旧四月三十日，镇海伏龙寺）

性公老法师慈鉴：

近日屡拟上书奉候，今晨得接诵手谕两通，至用欢慰。《同戒录》亦收到。法会隆盛，甚深赞喜。兹答陈各事如下：

△《圆觉经》签条跋语，数日后写好（挂号）径寄至南京。

△付、蒋二居士联件，紫云寺佛号及结缘之横直小幅等，半月后寄至厦门，托广洽法师转呈。

△附挂号寄上一包，内有木夹板《梵网经》及其他《华严》《八大人觉》等五册，敬赠法座。又有布面《梵网经》一册，乞转奉广洽法师。又有日本书二册及信片画三套，乞转奉芝峰法师。此次佛学书局所印各种拙书，印工未精，装折亦参差不齐。又因资本不足，未曾另赠与末学，故未能分送诸友人耳。

△以前末学与各处关系各事，悉已料理清楚。秋凉时，拟来闽亲近法座也。谨复，顺颂禅安！

末学演音稽首

旧四月三十日

依邮章，印刷品宜与信函分寄，未可合并。附白。

十

性公老法师慈鉴：

惠书，敬悉一一。承施十金，却之不恭，谨以受收。唯来函所云，备作邮笺之需云云。后学现不需用邮笺，拟以移作他用，想为慈意所许诺也。

秋凉之后（旧历九月或十月间），倘时局无大变动，拟来闽亲侍法座。所云接迎之事，万不敢当，因临时或由沪，或由温动身，未能一定也。

后学近来衰老益甚，拟来闽后，在不驻军队之寺居住，以资静养，乞法座预为酌定之，至感！顺请禅安！

后学演音顶礼

旧五月廿四日

十一

（一九三二年旧十月十四日，温州庆福寺）

性公老法师慈座：

顷奉惠函，敬悉一一。诸承慈示，感谢无尽。末学拟于十天后搭乘新镒利轮船往厦，但此船无有定期，或延迟亦未可知也。广洽法师处，已另有函达。谨此奉复，顺颂法安！

末学演音稽首

十月十四日

前寄至泉州佛经一包，又寄至南普陀拙书一包，想悉收到。

金陵之函件，已于端午日挂号寄出矣。又启。

十二

（一九三二年旧十月十八日，温州庆福寺）

性公老法师慈鉴：

前复函，想达慧览。昨午续奉惠书，并承施十元。却之不恭，敬谨领受。末学自十四夜间患痢疾，至今未愈。倘近日痊愈，即搭次班轮船往厦。倘一时未能痊愈复元者，则更须延期也。（广洽法师处亦已通知。）知劳慈念，谨以奉达。并陈谢意。顺颂法安！

末学演音稽首
旧十月十八日

十三

（一九三二年旧十一月十六日，厦门山边岩）

性公老法师慈鉴：

前法驾莅厦，诸承慈护，惠施种种，至用感谢。承命书匾额之字，系用朱色。乃写时匆促，未能忆及，遂用墨书。至半夜睡醒之时，始想起应用朱书之事。至为抱歉！谨此陈谢，诸希慈谅。兹有恳者。末学前存在友人处经书两大箱，拟即运厦。乞座下暇时，到开元访陈敬贤居士。乞为致候，并请彼写介绍书，托上海陈嘉庚公司代为运厦。附陈者有三事：

一、介绍书请写两封，一封于送书箱时随交。又一封，在送书前数日寄去，预告此事。俾免临时唐突冒昧。此两封信皆乞寄交末学转付。

二、上海陈嘉庚公司之详细住址，乞写明。俾便友人访觅。

三、上海之友人，为刘质平君。乞向公司主任代为介绍。以后刘君或再有物件托带厦者，亦乞慈悲许诺。至为感激！

谨恳，顺叩法安！

末学演音稽首

旧十一月十六日

以后惠函，乞寄妙释寺转交至妥。因末学每数日必往一次也。（无须寄至山边岩，若恐遗失也。）

十四

（一九三三年旧三月十三日，厦门万寿岩）

性公老法师慈鉴：

惠书诵悉。佛名书就，附奉上。将来放大之字，乞另留底稿一份，或他处亦需用也。此次讲《羯磨》，约至四月八日圆满。与末学偕来寄居寺中者共十一人，皆一例过午不食，甚可赞叹。妙慧、广义诸师亦在内也。谨复，顺颂法安！

末学演音稽首

三月十三日

周伯道居士属写绢对，俟四月中旬写奉，乞先代为致意。

十五

（一九三三年三月廿八日，厦门万寿岩）

性公老法师慈座：

　　两奉惠书，敬悉一一。讲律事决定延续，俟酷热时再稍休息可耳。属书各件，下月奉上。谨此，奉复。顺颂慈安！

后学演音稽首
三月廿八日

十六

（一九三三年四月十一日，厦门万寿岩）

性公老法师慈鉴：

　　昨奉惠书，敬悉一一。承介绍往草庵息暑，至用感谢！但学律诸师之意，谓有五六人（或不止此）随往者。草庵床具，斋粮

何事春郊殺氣騰
疏狂游子儠飛禽
勸君莫射南來雁
恐有家書寄遠人

即仁集古

何事春郊杀气腾，疏狂游子猎飞禽。
劝君莫射南来雁，恐有家书寄远人。

远书

或未能具备。诸师意欲往雪峰[1]。但未知转解和尚之意如何？拟请座下先为函询，俟得回信后乃能动身。倘雪峰不能容多众者，仍乞座下慈愍，代为设法介绍他处。因厦门气候较热，暑季三四月内不能讲律，虚度光阴。现欲觅山中凉爽之处，居住四个月以上，结"后安居"[2]，继续讲律也。

惠示，乞寄妙释寺转交最为妥迅。勿由文灶社转（甚迟缓，且易遗失也）。谨恳，顺请法安！

末学演音稽首

四月十一日

末学近辑《灵峰警训略录》一卷，名曰《寒笳集》，仅三十页。可以作佛学校国文教科书用也。不久即送至佛学书局印行。附白。

---

[1] 即彗峰寺。
[2] 僧众集中一处讲学的制度。

十七

（一九三三年夏，泉州开元寺）

性公老法师慈座：

　　曩承惠赐夏布海青，感谢无尽！前日法驾枉临，遂忘致谢，至用歉然！塔记写奉，末一行因空白，故写撰书人名。倘欲写捐资功德人名者，此行可删去也。顺颂法安！

末学演音稽首

十八

（一九三三年冬，晋江草庵）

性公老法师慈鉴：

　　曩承介绍居住草庵，以胜缘未能成熟，屡欲往彼，辄为阻障。至本月初旬乃获如愿。移居以来，身心安宁，深感昔日介绍之慈恩也。林居士尊著甚善，佩仰无已。附以奉还。乞为转交。谨陈。顺颂法安！

后学演音稽首

十九

（一九三四年旧六月十二日，厦门南普陀寺）

性公老法师慈鉴：

前托人带上《行愿品疏》及拙札，想达道览。顷奉惠书，敬悉一一。诸公厚意，感谢无尽。唯半月前本妙师谆谆约后学等于八月移住万寿岩，义不可却，后学已允许矣。辜负开元诸公厚意，至用歉然。诸乞谅宥为祷。顺颂法安！

后学演音稽首

六月十二日

二十

（一九三四年旧二月十八日，厦门南普陀寺）

性公老法师慈鉴：

昨常法师来谈，谓欲敦请尤居士来南普陀，观察地理。但后学未知彼之住址。今已致函与彼长子，转交一函，能达到否，尚未可知。拟请慈座再致书敦促。后学亦写一笺，乞为附入寄去至祷，顺颂法安！

后学演音稽首

二月十八日

二十一

（一九三四年旧二月廿五日，厦门南普陀寺）

性公老法师慈鉴：

惠书敬悉。林居士撰稿已收到。拙意别纸写之。乞转交居士。

原稿附呈还。常法师于三月初七日即返如皋，约月余乃再来南闽。尤居士如行期定时，拟请慈座来厦门招待一切。谨达。顺颂法安！

后学演音稽首

二月廿五日

二十二

（一九三四年旧三月廿八日，厦门南普陀寺）

性公老法师慈鉴：

曩承枉驾，至用感慰。后学拟居南普陀半载，以答诸公属望之盛意。学律诸师于旧七月三十日习普通律学已竟（由去年正月始），即可圆满毕业也。后学近半月来，学行一食法，身体较前康健，未尝瘦弱。知劳慈念，附以奉闻。别一纸，写诸律书名，乞便中往（南门）李宏成居士宅（楼上木箱内）检出，至感谢，顺颂法安！

后学演音稽首

三月廿八日

二十三

（1934年五月七日，厦门南普陀寺）

性公老法师慈鉴：

近由汉口寄到名笔，兹奉上六支，乞试用之。大绿颖，后学已用甚久，能写小楷乃至三寸大字。价廉物美，且坚牢耐久，诚佳制也。月台诸学僧如需用者，可以通信购买。价五元以内，可免关税。温州老名士谢君，近为音刻印二方。附奉印稿，希清览。谨陈，顺颂法安！

后学演音稽首

五月七日

二十四

（一九三四年旧六月二日，厦门南普陀寺）

性公老法师慈鉴：

曩承惠谈，至用欢慰。今日本妙师来，谆约后学等于八月往万寿岩，襄助念佛堂事，情意殷勤，不可以却。故后学已允诺矣。谨以奉达（约在八月初五日以后移居）。天津新刻《行愿品别行疏》甚为精工，附呈一册，顺颂慈安！

后学演音稽首

六月二日

辑四

士应文艺以人传

序

《李庐印谱》序

　　繫自兽蹄鸟迹，权舆六书。抚印一体，实祖缪篆。信缩戈戟，屈蟠龙蛇。范铜铸金，大体斯得，初无所谓奏刀法也。赵宋而后，兹事遂盛。晁王颜姜，谱派灼著。新理泉达，眇法葩呈。韵古体超，一空凡障，道乃烈矣。清代金石诸家，搜辑探讨，突驾前贤；旁及篆刻，遂可法尚。丁黄唱始，奚蒋继声，异军特起，其章草焉。盖规秦抚汉，取益临池，气采为尚，形质次之。而古法蓄积，显见之于挥洒，与譣之于刻画。殊路同归，义固然也。不佞僻处海隅，昧道懵学，结习所在，古欢遂多。爰取所藏铭刻，略加排辑，复以手作，置诸后编，颜曰《李庐印谱》。太仓一粒，无裨学业，而苦心所注，不欲自蘘。海内博雅，不弃窳陋，有以启之，所深幸也。

《二十自述诗》序

堕地苦晚，又撄尘劳。木替草荣，驹隙一瞬。俯仰之间，岁已弱冠。回思曩事，恍如昨晨。欣戚无端，抑郁谁语？爰托毫素，取志遗踪。旅邸寒灯，光仅如豆，成之一夕，不事雕劖。言属心声，乃多哀怨。江关庾信，花鸟杜陵。为溯前贤。益增惭恧！凡属知我，庶几谅予。庚子正月。

《诗钟汇编初集》序

己亥之秋，文社叠起，闻风所及，渐次继兴。义取盍簪，志收众艺。寸金双玉，斗角钩心。各擅胜场，无美弗备。鄙谬不自揣，手录一编。莛撞管窥，矢口惭讷。佚漏之弊，知不免焉。尤望大雅宏达，缀而益之，以匡鄙之不逮云。当湖惜霜仙史识。

《李庐诗钟》自序

索居无俚，久不托音。短檠夜明，遂多羁绪。又值变乱，家国沦陷。山邱华屋，风闻声咽。天地顿隘，啼笑胥乖。乃以余海不厌深，山不厌高。

积德行仁，鸥鸟可招。

群鸥

闲。滥竽文社。辄取两事，纂为俪句。空梁落燕，庭草无人。只句珍异，有愧向哲。岁月既久，储积寖繁。覆瓿摧薪，意有未忍。用付剞劂，就正通人。技类雕虫，将毋齿冷？赐之斧削，有深企焉。庚子嘉平月。

《国学唱歌集》序

《乐经》云亡，诗教式微，道德沦丧，精力熨摧。三稔以还，沈子心工，曾子志忞，绍介西乐于我学界，识者称道毋稍衰。顾歌集甄录，佥出近人撰著，古义微言，匪所加意。余心恫焉。商量旧学，缀集兹册。上溯古毛诗，下逮昆山曲，靡不鳃理而荟萃之。或谱以新声，或仍其古调，颜曰《国学唱歌集》。区类为五：

毛诗三百，老唱歌集。数典忘祖，可为于邑。"扬葩"第一。
风雅不作，齐竽竞嘈。高矩遗我，厥唯楚骚。"翼骚"第二。
五言七言，滥觞汉魏，瑰伟卓绝，正声闳愧。"修诗"第三。
词托比兴，权舆古诗。楚雨含情，大道在兹。"摘词"第四。
余生也晚，古乐靡闻。夫唯大雅，卓彼西昆。"登昆"第五。

《音乐小杂志》序

闲庭春浅，疏梅半开。朝曦上衣，软风入媚。流莺三五，隔树乱啼；乳燕一只，依人学语。上下婉转，有若互答，其音清脆，悦魄荡心。若夫萧辰告悴，百草不芳。寒蛩泣霜，杜鹃啼血，疏砧落叶，夜雨鸣鸡。闻者为之不欢，离人于焉陨涕。又若登高山，临巨流，海鸟长啼，天风振袖，奔涛怒吼，更相逐搏，砰磅訇礚，谷震山鸣。懦夫丧魄而不前，壮士奋袂以兴起。呜呼！声音之道，感人深矣。唯彼声音，盦出天然；若夫人为，厥为音乐。天人异趣，效用靡殊。

繄夫音乐，肇自古初，史家所闻，实祖印度，埃及传之，稍事制作；逮及希腊，乃有定名，道以著矣。自是而降，代有作者。流派灼彰，新理泉达，环伟卓绝，突轶前贤。迄于今兹，发达益烈。云瀚水涌，一泻千里，欧美风靡，亚东景从。盖琢磨道德，促社会之健全；陶冶性情，感精神之粹美。效用之力，宁有极欤。

乙巳十月，同人议创《美术杂志》，音乐隶焉。乃规模粗具，风潮突起。同人星散，瓦解势成。不佞留滞东京，索居寡侣，重食前说，负疚何如？爰以个人绵力，先刊《音乐小杂志》，饷我学界，期年二册，春秋刊行。蠡测莛撞，矢口惭讷。大雅宏达，不弃寙陋，有以启之，所深幸也。

呜呼！沉沉乐界，眷予情其信芳。寂寂家山，镯抑郁而谁语？矧夫湘灵瑟渺，凄凉帝子之魂；故国天寒，呜咽山阳之笛。春灯燕子，可怜几树斜阳；玉树后庭，愁对一钩新月。望凉风于天末，吹参差其谁思！瞑想前尘，辄为怅惘。旅楼一角，长夜如年。援笔未终，灯昏欲泣。时丙午正月三日。

《李息翁临古法书》序

居俗之日，尝好临写碑帖。积久盈尺，藏于丐尊居士小梅花屋，十数年矣。尔者居士选辑一帙，将以锓版示诸学者，请余为文冠之卷首。夫耽乐书术，增长放逸，佛所深诫。然研习之者能尽其美，以是书写佛典，流传于世，令诸众生欢喜受持，自利利他，同趣佛道，非无益矣。冀后之览者，咸会斯旨，乃不负居士倡布之善意耳。风缠鹢尾，如眼书。

《韩偓评传》序

癸酉小春，驱车晋水西郊，有碑蠹路旁，题曰"唐学士韩墓道"。因忆儿时居南燕，尝诵偓诗，喜彼名字，乃五十年后，七千里外，遂获展其墦墓，因缘会遇，岂偶然耶？

偓为唐季名臣，晚岁居南闽，略能熏修佛法。生平事迹，散见诸书，而知者盖鲜。乃属高子胜进，摭其概略，辑为一编，以示时贤。尔者紫云诗人施千金，重茸偓墓，晋水诸耆宿赋诗美之。余复为偓写经，回向菩提。而高子所辑传记，亦适于斯成就，可谓千载一时之盛矣。传记将以锓版，为述所怀，弁其端云。丙子八月弘一。

《马冬涵印集》序

晓清居士，英年好学，长于艺术，治印古雅，足以媲美缶庐诸老。夫艺术之精，极于无相。若了相，即无相，斯能艺而进于道矣。《印集》文云：听有音之音者聋，即近此义，若解无音之音，乃可谓之聪也。居上慧根夙植，当能深味斯言。戊寅秋晚。二一老人，时居南州。

《四上人诗钞》序

禅宗诸师所撰诗偈，多寓玄旨，非思量卜度能了知也。或唯玩其藻，冲穆清逸，亦足淡世情而遗荣利。寄尘居士，近辑《四上人诗钞》，以巧方便，导俗砭世，意至善也。昔初剃染，披寻雪窦语录，于其诗偈，有能默诵者。犹忆一绝云："六合茫茫竟不知，灵山经夏是便宜。虚堂夜静无余事，留得禅僧立片时。"是所谓空灵觉悟也。寄尘之辑，倘亦有感于斯。用志数言，以墨其端。沙门如眼书。

跋

篆刻拓本自跋

十数年来，久疏雕技。今老矣，离俗披剃，勤修梵行。宁复多暇耽玩于斯？顷以幻缘，假立私名及以别字。手制数印，为志庆喜。后之学者览兹践砾，将毋笑其结习未忘耶？于时岁阳玄默吠舍佉月白分八日，予与丐尊交久，未尝示其雕技。今赍以供山房清赏。弘裔沙门僧胤并记。

《城南草堂笔记》跋

云间许幻园姻谱兄，风流文采，倾动一时。庚子初夏，余寄居城南草堂，由是促膝论文，迄无虚夕。今春养疴多暇，数日间著有笔记三卷，将付剞劂。窃考古人立言，与立德、立功并重。往往心有所得，辄札记简帙，兼收并载，积日既久，遂成大观。如宋之《铁围山丛谈》，本朝《茶余客话》《柳南随笔》之类。今幻园以数日而成书三卷，其神勇尤为前人所不及。他日润色鸿业，著作承明，日试万言，倚马可待，则幻园之学，岂遽限于是哉。时在辛丑元宵后，余将有豫中之行，君持初稿属为题词，奈行李匆匆，竟未得从容构想。爰跋数语，以志钦佩。当湖惜霜仙史李成蹊漱筒甫倚装谨识。

《沙翁墓志》跋

《沙翁墓志》书法古穆，相传为沙翁自笔。文字亦奥衍，不可猝解。今译为近代英文，其文如左：

好朋友，看上帝的脸上，请勿来掘这里的骸骨。祝福保护这些墓石的人，诅咒搬移我骨的人。

《白阳》诞生词

技进于道，文以立言。悟灵感物。含思倾妍。水流无影，华落如烟。掇拾群芳，商量一编。维癸丑之暮春，是为《白阳》诞生之年。

为杨白民书座右铭跋

古人以除夕当死日。盖一岁尽处，犹一生尽处。昔黄檗禅师云：预先若不打彻，腊月三十日到来，管取你手忙脚乱。然则正月初一便理会除夕事不为早，初识人事时便理会死日事不为早。哪堪荏苒苒苒，悠悠扬扬，不觉少而壮，壮而老，老而死。况更有不及壮且老者，岂不重可哀哉！故须将除夕无常，时时警惕。自誓自要，不可依旧蹉跎去也。

余与白民交垂二十年，今岁余出家修梵行，白民犹沉溺尘网。岁将暮，白民来杭州，访余于玉泉寄庐，话旧至欢。为书训言二纸贻之，余愿与白民共勉之也。戊午除夕雪窗大慈演音。

小梅花屋画本跋

庚午五月十四日，丐尊居士四十五生辰，约石禅及余至小梅花屋共饭蔬贪。石禅以酒浇愁，酒既酣，为述昔年三人同居钱塘时良辰美景，赏心乐事，今已不可复得。余乃潸然泪下，写仁王般若经苦空二偈贻之。

生老病死，轮转无际。事与愿违，忧悲为害。欲深祸重，疮疣无外。三界皆苦，国有何赖。有本自无，因缘成诸。盛者必衰，实者必虚。众生蠢蠢，都如幻居。声响皆空，国土亦如。

永宁沙门亡言，时居上虞白马湖晚晴山房。

四友重摄一影题跋

余来沪上，明年岁在庚子。共宝山蔡小香、袁仲濂，江阴张小楼，云间许幻园诸子，结为天涯五友，并于宝记像室写影一帧。尔来二十有八年矣，重游申渎，小居江弯缘缘堂。蔡子时已殂化，唯袁张许子犹数过谈，乐说往事，乃复相偕写影于宝记像室。是时改元后十六年，丁卯十月一日，袁子年五十四，张子五十一，许子五十，余四十八。写影自右依齿序焉。无着道人。

旭光室额跋

余来三衢，未一谒宰官居士；唯治行前朝，尝过莴庐（一作硕果巷）乞吴明经书旭光室额。于是朝曦入檐，沉寒在袖。明经焚香扫地，举笔拜手而后落墨。曰"吾书未工，诚意为贵"也。明经字子弓，年七十九。目微盲能作大字，通考据性理之学。安德忘贫，不慕荣利，三衢多耆宿，君其首出矣。

晚晴院额跋

唐人诗云："人间重晚晴"，髫龀之岁喜诵之。今垂老矣，犹复未忘，亦莫自知其由致也。因颜所居曰晚晴院，聊以记念旧之怀耳。书者永宁陶长者文星，年九十三。陶长者既为余书晚晴院额，张居士蔚亭，并写此本。耄德书翰，集于一堂，弥足珍玩，不胜忭跃。沙门弘一识。

题过化亭跋

泉郡素称海滨邹鲁，朱文公尝于东北高阜，建亭种竹，讲学其中，岁久倾圮。明嘉靖间，通判陈公重建斯亭，题曰过化，后亦毁于兵燹。尔者叶居士青眼欲复古迹，请书亭额补焉。余昔在俗，潜心理学，独尊程朱。今来温陵，补题过化，何莫非胜缘耶。逊国后二十四年，岁在乙亥，沙门一音书，时年五十有六。

为淡生书联并跋

"游衍书绩，唾弃利名。"

淡生贤首，自撰联句，嘱书；略为润色，并附注释其义，以奉惠览。游衍书绩者，游衍见诗《大雅》，传记云："自恣之意"；绩与绘通。唾弃利名者，轻贱鄙弃也。

书草庵门联补跋

"草藉不除，时觉眼前生意满；
庵门常掩，勿忘世上苦人多。"

此数年前为草庵所撰寺门联句，下七字疑似古人旧句，然亦未能定也。眼前生意满者，生意指草而言。此上联隐含慈悲博爱之意，宋儒周、程、朱诸子文中常有此类之言，即是观天地生物气象而兴起仁民爱物之怀也。

补书泉州开元寺门联题跋

"此地古称佛国，满街都是圣人。"

寺门旧有此联，朱之公撰，久佚，为补书之。戊寅春沙门一音书。

为张人希家藏清代名家书画册题跋

书画风度每随时代而变易。是为清季人作，循规蹈矩，犹存先正典型，可宝也。壬午秋，亡言。时年六十有三。

辑五

人生难得是欢聚

诗
词

断　句

人生犹似西山日，富贵终如草上霜。

咏山茶花

瑟瑟寒风剪剪催，几枝花发水云隈。

淡妆写出无双品，芳信传来第二回。

春色鲜鲜胜似锦，粉痕艳艳瘦于梅。

本来桃李羞同调，故向百花头上开。

清平乐·赠许幻园

城南小住，情适闲居赋。文采风流合倾慕，闭户著书自足。

阳春常驻山家，金樽酒进胡麻，篱畔菊花未老，岭头又放梅花。

步原韵和宋贞题《城南草堂图》

门外风花各自春，空中楼阁画中身。

而今得结烟霞侣，休管人生幻与真。

老少年曲

梧桐树，西风黄叶飘，夕阳疏林杪。花事匆匆，零落凭谁吊？

朱颜镜里凋，白发愁边绕。一霎光阴，底是催人老。有千

金，也难买韶华好。

戏赠蔡小香四绝

眉间愁语烛边情，素手掺掺一握盈。

艳福者般真羡煞，佳人个个唤先生。

云髻蓬松粉薄施，看来西子捧心时。

自从一病恹恹后，瘦了春山几道眉。

轻减腰围比柳姿，刘桢平视故迟迟。

佯羞半吐丁香舌，一段浓芳是口脂。

愿将天上长生药，医尽人间短命花。

自是中郎精妙术，大名传遍沪江涯。

重游小兰亭口占

重游小兰亭，风景依稀，心绪殊恶，口占二十八字题壁。

时九月望前一日也。

一夜西风蓦地寒，吹将黄叶上栏杆。

春来秋去忙如许，未到晨钟梦已阑。

醉花阴·闺怨

落尽杨花红板路，无计留春住。独立玉阑干，欲诉离愁，生怕笼鹦鹉。

楼头又见斜阳暮，怎奈归期误。相忆梦难成，芳草天涯，极目人何处？

和冬青馆主题京伶瑶华画扇四绝

素心一瓣证前因，恻恻灵根渺渺神。

话到华年怨迟暮，美人香草哭灵均。

承平歌舞忆京华，紫陌青骢踏落花。

记得春风楼畔路，琵琶弹彻雁行斜。

鼙鼓渔阳感劫尘，莺花无复旧时春。

潇潇暮雨徐娘怨，忆否江南梦里人？

长安子弟叹飘零，曾向红羊劫里经。

莫问开元太平曲，伤心回首旧门庭。

照红词客介香梦词人属题采菊图，为赋二十八字

田园十亩老烟霞，

水绕篱边菊影斜。

独有闲情旧词客，

春花不惜惜秋花。

冬夜客感

纸窗吹破夜来风，砭骨寒添漏未终。

云掩月殂光惨白，帘飘烛影焰摇红。

无心难定去留计，有泪常抛梦寐中。

烦恼自寻休自怨，待将情事诉归鸿。

为沪学会撰《文野婚姻》新戏册既竟，系之以诗

床笫之私健者耻，为气任侠有奇女。

鼠子胆裂国魂号，断头台上血花紫。

东邻有儿背佝偻，西邻有女犹含羞。

蟪蛄宁识春与秋，金莲鞋子玉搔头。

河南河北间桃李，点点落红已盈眍。

自由花开八千春，是真自由能不死。

誓度众生成佛果，为现歌台说法身。

孟旃不作吾道绝，中原滚地皆胡尘。

望日歌筵

莽莽风尘窜地遮，乱头粗服走天涯。

樽前丝竹销魂曲，眼底欢嬉薄命花。

浊世半生人渐老，中原一发日西斜。

只今多少兴亡感，不独隋堤有暮鸦。

赠谢秋云

风风雨雨忆前尘，悔煞欢场色相因。

十日黄花愁见影，一弯眉月懒窥人。

冰蚕丝尽心先死，故国天寒梦不春。

眼界大千皆泪海，为谁惆怅为谁颦？

金缕曲·赠歌郎金娃娃

秋老江南矣。忒匆匆，喜余梦影，樽前眉底。陶写中年丝竹耳，走马胭脂队里。怎到眼都成余子？片玉昆山神朗朗，紫樱桃，慢把红情系。愁万斛，来收起。

泥他粉墨登场地，领略那英雄气宇，秋娘情味。雏凤声清清几许？销尽填胸荡气，笑我亦布衣而已。奔走天涯无一事，问何如声色将情寄？休怒骂，且游戏！

赠语心楼主人

天末斜阳淡不红，虾蟆陵下几秋风。

将军已死圆圆老，都在书生倦眼中。

道左朱门谁痛哭？庭前枯木已成围。

只今憔悴江南日，不似当年金缕衣。

菩萨蛮·忆杨翠喜

燕支山上花如雪，燕支山下人如月。额发翠云铺，眉弯淡欲无。夕阳微雨后，叶底秋痕瘦。生小怕言愁，言愁不耐羞。

晓风无力垂杨懒，情长忘却游丝短。酒醒月痕低，江南杜宇啼。痴魂销一捻，愿化穿花蝶。帘外隔花阴，朝朝香梦沉。

为老妓高翠娥作

残山剩水可怜宵，慢把琴樽慰寂寥。

顿老琵琶妥娘曲，红楼暮雨梦南朝。

喝火令

故国今谁主

故国今谁主？胡天月已西。朝朝暮暮笑迷迷，记否天津桥上杜鹃啼？记否杜鹃声里几色顺民旗？

哀祖国

小雅尽废兮，出车采薇矣。豺狼当途兮，人类其非矣。凤鸟兮，河图兮，梦想为劳矣。冉冉老将至兮，甚矣吾衰矣。

金缕曲·将之日本，留别祖国并呈同学诸子

披发佯狂走。莽中原，暮鸦啼彻，几株衰柳。破碎河山谁收拾？零落西风依旧，便惹得离人消瘦。行矣临流重太息，说相思，刻骨双红豆。愁黯黯，浓于酒。

漾情不断淞波溜，恨年来絮飘萍泊，遮难回首。二十文章惊海内，毕竟空谈何有？听匣底苍龙狂吼！长夜凄风眠不得，度群生哪惜心肝剖。是祖国，忍孤负！

题自作山茶花小幅

回阑欲转，低弄双翘红晕浅。

记得儿家，记得山茶一树花。

东京十大名士追荐会即席赋诗

苍茫独立欲无言，落日昏昏虎豹蹲。

剩却穷途两行泪，且来瀛海吊诗魂。

故国荒凉剧可哀，千年旧学半尘埃。

沉沉风雨鸡鸣夜，可有男儿奋袂来？

朝游不忍池

凤泊鸾飘有所思，出门怅惘欲何之？

晓星三五明到眼，残月一痕纤似眉。

秋草黄枯菡萏国，紫薇红湿水仙祠。

小桥独立了无语，瞥见林梢升曙曦。

喝火令·哀国民之心死

故国鸣鹁鸪，垂杨有暮鸦。江山如画日西斜。新月撩人，透入碧窗纱。

陌上青青草，楼头艳艳花。洛阳儿女学琵琶。不管冬青一树属谁家，不管冬青树底影事一些些。

高阳台·忆金娃娃

十日沉愁，一声杜宇，相思啼上花梢。春隔天涯，剧怜别梦迢遥。前溪芳草经年绿，只风情，辜负良宵。最难抛，门巷依依，暮雨潇潇。

而今未改双眉妩，只江南春老，红了樱桃。忒煞迷离，匆匆已过花朝。游丝苦挽行人驻，奈东风，冷到溪桥。镇无聊，记取离愁，吹彻琼箫。

尔不害物，物不害尔。

杀机一去，饥虎可尾。

归市

醉 时

醉时歌哭醒时迷，甚矣吾衰慨凤兮。

帝子祠前芳草绿，天津桥上杜鹃啼。

空梁落月窥华发，无主行人唱大堤。

梦里家山渺何处，沉沉风雨暮天西。

春 风

春风几日落红堆，明镜明朝白发摧。

一颗头颅一杯酒，南山猿鹤北山莱。

秋娘颜色娇欲语，小雅文章凄以哀。

昨夜梦游王母国，夕阳如血染楼台。

昨 夜

昨夜星辰人倚楼，中原咫尺山河浮。

沉沉万绿寂不语，梨花一枝红小秋。

人 病

人病墨池干，南风六月寒。

肺枯红叶落，身瘦白衣宽。

入世儿侪笑，当门景色阑。

昨宵梦王母，猛忆少年欢。

隋堤柳

甚西风吹醒隋堤衰柳，江山非旧，只风景依稀，凄凉时候。零星旧梦半沉浮，说阅尽兴亡，遮难回首。昔日珠帘锦幕，有淡烟一抹，纤月盈钩。

剩水残山故国秋。知否，知否，眼底离离麦秀。说甚无情，情思踠到心头。杜鹃啼血哭神州，海棠有泪伤秋瘦，深愁浅愁难消受，谁家庭院笙歌又？

初　梦

鸡犬无声天地死，风景不殊山河非。

妙莲花开大尺五，弥勒松高腰十围。

恩仇恩仇若相忘，翠羽明珠绣裲裆。

隔断红尘三万里，先生自号水仙王。

帘　衣

帘衣一桁晚风轻，艳艳银灯到眼明。

薄幸吴儿心木石，红衫娘子唤花名。

秋于凉雨燕支瘦，春入离弦断续声。

后日相思渺何许？芙蓉开老石家城。

满江红·民国肇造志感

皎皎昆仑，山顶月，有人长啸。看囊底，宝刀如雪，恩仇多少。双手裂开鼷鼠胆，寸金铸出民权脑。算此生不负是男儿，头颅好！

荆轲墓，咸阳道。聂政死，尸骸暴。尽大江东去，余情还绕。魂魄化成精卫鸟，血花溅作红心草。看从今，一担好山河，英雄造！

题丁慕琴绘《黛玉葬花图》

收拾残红意自勤，携锄替筑百花坟。

玉钩斜畔隋家冢，一样千秋冷夕曛。

飘零何事怨春归，九十韶光花自飞。

寄语芳魂莫惆怅，美人香草好相依。

咏 菊

姹紫嫣红不耐霜，繁华一霎过韶光。

生来未借东风力，老去能添晚节香。

风里柔条频损绿，花中正色自含黄。

莫言冷淡无知己，曾有渊明为举觞。

玉连环影·为夏丏尊题《小梅花屋图》

屋老，一树梅花小。住个诗人，添个新诗料。爱清闲，爱天然；城外西湖，湖上有青山。

题梦仙花卉横幅

人生如梦耳，哀乐到心头。

洒剩两行泪，吟成一夕秋。

慈云渺天末，明月下南楼。

寿世无长物，丹青片羽留。

题胜月吟剩

莽莽神州里，斯文孰起衰。

沧江明月夜，何幸读君诗。

题罗阳选胜录

惯携蜡屐踏烟潭，绝妙诗情尽里参。

浊世谁知山水乐，况添高咏继环庵。

题陈师曾荷花小幅

一花一叶，孤芳至洁。

昏波不染，成就慧业。

贻王海帆先生

文字聊交谊，相逢有宿缘。

社盟称后学，科第亦同年。

抚碣伤禾黍，怡情醉管弦。

西湖风月好，不慕赤松仙。

净峰种菊临别口占

我到为植种，我行花未开。

岂无佳色在？留待后人来。

为红菊花说偈

亭亭菊一枝，高标矗劲节。

云何色殷红？殉教应流血。

《护生画集》配诗

众　生

是亦众生，与我体同；

应起悲心，怜彼昏蒙。

普劝世人，放生戒杀；

不食其肉，乃谓爱物。

生的扶持

一蟹失足，二蟹持扶。

物知慈悲，人何不如！

今日与明朝

日暖春风和，策杖游郊园。

双鸭泛清波，群鱼戏碧川。

为念世途险，欢乐何足言？

明朝落网罟，系颈陈市廛。

思彼刀砧苦，不觉悲泪潸。

母之羽

雏儿依残羽，殷殷恋慈母。

母亡儿不知，犹复相环守。

念此亲爱情，能勿凄心否？

亲与子

今日尔吃他，将来他吃尔。

循环作主人，同是亲与子。

儿戏（其二）

教训子女，宜在幼时。

先入为主，终身不移。

长养慈心，勿伤物命。

充此一念，可为仁圣。

沉　溺

莫谓虫命微，沉溺而不援。

应知恻隐心，是为仁之端。

暗杀（其一）

若谓青蝇污，挥扇可驱除。

岂必矜残杀，伤生而自娱。

诀别之音

落花辞枝，夕阳欲沉。

裂帛一声，凄入秋心。

生离欤？死别欤？

生离尝恻恻，临行复回首。

此去不再还，念儿儿知否？

倘使羊识字

倘使羊识字，泪珠落如雨。

口虽不能言，心中暗叫苦。

乞 命

吾不忍其觳觫，无罪而就死地。

普劝诸仁者，同发慈悲意。

示 众

景象太凄惨，伤心不忍睹。

夫复有何言，掩卷泪如雨。

喜庆的代价

喜气溢门楣，如何惨杀戮？

唯欲家人欢，哪管畜生哭。

残废的美

好花经摧折，曾无几日香。

憔悴剩残姿，明朝弃道旁。

生 机

小草出墙腰，亦复饶佳致。

我为勤灌溉，欣欣有生意。

囚徒之歌

人在牢狱，终日愁欷。

鸟在樊笼，终日悲啼。

聆此哀音，凄入心脾。

何如放舍，任彼高飞。

投 宿

夕日落江渚，炊烟起村墅。

小鸟亦归家，殷殷恋旧主。

雀巢可俯而窥

人不害物，物不惊扰。

犹如明月，众星围绕。

诱 杀

水边垂钓，闲情逸致。

是以物命，而为儿戏。

刺骨穿肠，于心何忍？

愿发仁慈，常起悲愍。

倒　悬

始而倒悬，终以诛戮。

彼有何辜，受此荼毒！

人命则贵，物命则微。

汝自问心，判其是非。

尸　林

见其生不忍见其死，

闻其声不忍食其肉。

应起悲心，勿贪口腹。

开　棺

恶臭陈秽，何云美味？

掩鼻伤心，为之堕泪。

智者善思，能毋悲愧？

蚕的刑具

残杀百千命，完成一袭衣。

唯知求适体，岂毋伤仁慈？

昨晚的成绩

是为恶业，何谓成绩！

宜速忏悔，痛自呵责。

发起善心，勤修慈德。

惠而不费

勿谓善小，不乐为之。

惠而不费，亦曰仁慈。

醉人与醉蟹

肉食者鄙，不为仁人。

况复饮酒，能令智昏。

誓于今日，改过自新。

长养悲心，成就慧身。

忏　悔

人非圣贤，其孰无过？

犹如素衣，偶着尘涴。

改过自新，若衣拭尘。

一念慈心，天下归仁。

凤鸟来仪，兵戈不起。
偃武修文，万邦庆喜。
凤兮凤兮，何德之美。

凤在列树

冬日的同乐

盛世乐太平，民康而物阜。

万类咸喁喁，同浴仁恩厚。

昔日互残杀，而今共爱亲。

何分物与我，大地一家春。

老鸭造像

罪恶第一为杀，天地大德曰生。

老鸭札札，延颈哀鸣。

我为赎归，畜于灵囿。

功德回施群生，愿悉无病长寿。

杨枝净水

杨枝净水，一滴清凉。

远离众苦，归命觉王。

（放生仪轨：若放生时，应以杨枝净水为物灌顶，
令其消除业障，增长善根。）

平和之歌

昔日互残杀，今日共舞歌。

一家庆安乐，大地颂平和。

盥漱避虫蚁

盥漱避虫蚁，亦是护生命。

充此仁爱心，可以为贤圣。

燕子飞来枕上

燕子飞来枕上，不复见人畏避。

只缘无恼害心，到处春风和气。

关关雎鸠　男女有别

雎鸠在河洲，双双不越轨。

美哉造化工，禽心亦知礼。

敝衣不弃为埋猪也

敝帷埋马，敝盖埋狗。

敝衣埋猪，于彼南亩。

解　放

至诚所感，金石为开。

至仁所感，猫鼠相爱。

采　药

携儿谒长老，路过灵山脚。

老蟒有好意，赠我长生药。

歌词

送　别

长亭外，古道边，芳草碧连天。晚风拂柳笛声残，夕阳山外山。

天之涯，地之角，知交半零落。一觚浊酒尽余欢，今宵别梦寒。

我的国

东海东，波涛万丈红。朝日丽天，云霞齐捧，五洲唯我中央中。二十世纪谁称雄？请看赫赫神明种。我的国，我的国，我的国万岁，万岁万万岁！

昆仑峰，缥缈千寻耸。明月天心，众星环拱，五洲唯我中央中。二十世纪谁称雄？请看赫赫神明种。我的国，我的国，我的国万岁，万岁万万岁！

春郊赛跑

跑！跑！跑！看是谁先到。杨柳青青，桃花带笑；万物皆春，男儿年少。跑！跑！跑！跑！跑！锦标夺得了！

大中华

万岁！万岁！万岁！赤县膏腴神明裔。地大物博，相生相养，建国五千余岁。振衣昆仑之巅，濯足扶桑之漪。山川灵秀所钟，人物光荣永垂。猗欤哉！伟欤哉！仁风翔九畿！猗欤哉，伟欤哉！威灵振四夷！万岁！万万岁！万万岁！

春　游

春风吹面薄于纱，春人妆束淡于画。游春人在画中行，万花飞舞春人下。梨花淡白菜花黄，柳花委地芥花香。莺啼陌上人归去，花外疏钟送夕阳。

忆儿时

春去秋来，岁月如流，游子伤漂泊。回忆儿时，家居嬉戏，光景宛如昨。茅屋三椽，老梅一树，树底迷藏捉。高枝啼鸟，小川游鱼，曾把闲情托。儿时欢乐，斯乐不可作。儿时欢乐，斯乐不可作。

早　秋

十里明湖一叶舟，城南烟月水西楼。几许秋容娇欲流，隔着垂杨柳。

远山明净眉尖瘦，闲云飘忽罗纹敛。天末凉风送早秋，秋花点点头。

悲　秋

西风乍起黄叶飘，日夕疏林杪。花事匆匆，梦影迢迢，零落凭谁吊？镜里朱颜，愁边白发，光阴暗催人老。纵有千金，纵有千金，千金难买年少。

月　夜

纤云四卷银河净，梧叶萧疏摇月影。剪径凉风阵阵紧，暮鸦栖止未定。万里空明人意静。呀！是何处，敲彻玉磬，一声声清越度幽岭。呀！是何处，声相酬应，是孤雁寒砧并。想此时此际，幽人应独醒，倚栏风冷。

秋夜（之一）

日落西山，一片罗云隐去。万种情怀，安排何处？却妆出嫦娥，玉宇琼楼缓步。天高气清，满庭风露。问耿耿银河，有谁引渡？四壁凉蛩，如来相语。尽遣了闲愁，聊共月华小住。如此良宵，人生难遇！

寒蝉吟罢，蓦然萤火飞流。夜凉如水，月挂帘钩。爱星河皎洁，今宵雨敛云收。虫吟侑酒，扫尽闲愁。听一枝长笛，有谁人倚楼？天涯万里，情思悠悠。好安排枕簟，独寻睡乡优游。金风飒飒，底事悲秋？

秋夜（之二）

眉月一弯夜三更，画屏深处宝鸭篆烟青。唧唧唧唧，唧唧唧唧，秋虫绕砌鸣。小簟凉多睡味清。

直隶省立第一师范附属小学校歌

文昌在天，文明之光。地灵人杰，效师长；初学根本，实切强；精神腾跃，成文章。君不见，七十二沽水源远流长。

梦

哀游子茕茕其无依兮，在天之涯。唯长夜漫漫而独寐兮，时恍惚以魂驰。梦偃卧摇篮以啼笑兮，似婴儿时。母食我甘饵与粉饵兮，父衣我以彩衣。

哀游子怆怆而自怜兮，吊形影悲。唯长夜漫漫而独寐兮，时恍惚以魂驰。梦挥泪出门辞父母兮，叹生别离。父语我眠食宜珍重兮，母语我以早归。

月落乌啼，梦影依稀，往事知不知？泪半生哀乐之长逝兮，感亲之恩其永垂。

长　逝

看今朝树色青青，奈明朝落叶凋零。看今朝花开灼灼，奈明朝落红飘泊。唯春与秋其代序兮，感岁月之不居。老冉冉以将至，伤青春其长逝。

春　夜

金谷园中，黄昏人静。一轮明月，恰上花梢。月圆花好，如此良宵，莫把这似水光阴空过了。

英雄安在？荒冢萧萧。你试看他青史功名，你试看他朱门锦绣，繁华如梦，满目蓬蒿！天地逆旅，光阴过客，无聊！

倒不如，闲非闲是尽抛去，逍遥！倒不如，花前月下且游遨，将金樽倒。海棠睡去，把红烛烧；荼䕷开未，把羯鼓敲。莫教天上嫦娥，将人笑！

莺

喜春来日暖风和，园林花放新莺啼。喜春来日暖风和，园林花放新莺啼。听花间清音百啭：呖呖，呖呖。听花间清音百啭：呖呖，呖呖，呖呖；呖呖，呖呖，呖呖，呖呖。

采　莲

采莲复采莲，莲花莲叶何蹁跹！露华如珠月如水，十五十六清光圆。采莲复采莲，莲花莲叶何蹁跹！

冬

一帘月影黄昏后，疏林掩映梅花瘦。墙角嫣红点点肥，山茶开几枝？

小阁明窗好伴侣，水仙凌波淡无语。岭头不改青葱葱，犹有后凋松。

西　湖

看明湖一碧，六桥锁烟水。塔影参差，有画船自来去。垂杨柳两行，绿染长堤。飏晴风，又笛韵悠扬起。

看青山四围，高峰南北齐。山色自空濛，有竹木媚幽姿。探古洞烟霞，翠扑须眉。雪暮雨，又钟声林外起。

大好湖山美如此，独擅天然美。明湖碧无际，又青山绿作堆。漾晴光潋滟，带雨色幽奇。靓妆比西子，尽浓淡总相宜。

月夜游西湖归寝

正红墙斜倚，天外笙歌起。更碧空无际，眼底哀欢里。故宫禾黍已成蹊，《清商》《水调》哀而属。剩有嫦娥停机窃笑："天上人间异。"

丰 年

五日一风，十日一雨，太平乐利赓多黍。谷我妇子，娱我黄耇，欢腾熙洽歌大有。年丰国昌，唯天降德垂嘉祥。穰穰，穰穰，穰穰！岁复岁兮富康。

我仓既盈，我庾唯亿，颂声载路庆丰给。万宝告成，万物生茂，跻堂称觞介眉寿。年丰国昌，惟天降德垂嘉祥。穰穰，穰穰，穰穰！岁复岁兮富康。

人与自然界

严冬风雪擢贞干，逢春依旧郁苍苍。吾人心志宜坚强，历尽艰辛不磨灭，唯天降福俾尔昌。

浮云掩星星无光，云开光彩逾芒芒。吾人心志宜坚强，历尽艰辛不磨灭，唯天降福俾尔昌。

归 燕

几日东风过寒食，秋来花事已阑珊。疏林寂寂双燕飞，低徊软语语呢喃。呢喃，呢喃，雕梁春去梦如烟，绿芜庭院罢歌弦。乌衣门巷捐秋扇，树杪斜阳淡欲眠。天涯芳草离亭晚，不如归去归故山，故山隐约苍漫漫。呢喃，呢喃，不如归去归故山。

幽 居

唯空谷寂寂，有幽人抱贞独。时逍遥以徜徉，在山之麓。抚磐石以为床，翳长林以为屋。眇万物以达观，可以养足。

唯清溪沉沉，有幽人怀灵芬。时逍遥以徜徉，在水之滨。扬素波以濯足，临清流以低吟。睇天宇之寥廓，可以养真。

幽 人

深山之麓，三椽老茅屋，中有幽人抱贞独。当风且振衣，临流可濯足。放高歌震空谷：呜，呜，呜，呜，呜，呜！浊世泥途污，浊世泥途污。道孤，道孤；行殊，行殊。吾与天为徒，吾与天为徒。

天 风

云瀺瀺，云瀺瀺，拥高峰。气葱葱，气葱葱，极巃嵸。苍耸耸，苍耸耸，凌绝顶，侧足缥缈乘天风。咳唾生明珠，吐气嘘长虹。俯视培塿之垒垒，烟斑黛影半昏蒙。仰观寥廓之明明，天风回碧空。

浟洋洋，浟洋洋，浮巨溟。纷蒙蒙，纷蒙蒙，接苍穹。浪汹汹，浪汹汹，攒铓锋。扬泄汗漫乘天风。散发綦云霞，长啸惊蛟龙。俯视积流之茫茫，百川四渎齐朝宗。仰观寥廓之明明，天风回碧空。

天风荡吾心魄兮，绝于尘埃之外游神太虚。

天风振吾衣袂兮，超乎万物之表与世长遗。

落　花

纷，纷，纷，纷，纷，纷，……唯落花委地无言兮，化作泥尘。

寂，寂，寂，寂，寂，寂，……何春光长逝不归兮，永绝消息。

忆春风之日暄，芳菲菲以争妍。既垂荣以发秀，倏节易而时迁，春残。览落红之辞枝兮，伤花事其阑珊，已矣！

春秋其代序以递嬗兮，俯念迟暮。荣枯不须臾，盛衰有常数！人生之浮华若朝露兮，泉壤兴衰。朱华易消歇，青春不再来。

朝　阳

观朝阳耀灵东方兮，灿庄严伟大之荣光。彼长眠之空暗暗兮，流绛彩以辉煌。

观朝阳耀灵东方兮，灿庄严伟大之荣光。彼瞑想之海沉沉兮，荡金波以飞扬。

唯神，唯神，唯神！创造世界，创造万物，赐予光明，赐予幸福无疆。观朝阳耀灵东方兮，感神恩之久长。

月

仰碧空明明，朗月悬太清。瞰下界扰扰，尘欲迷中道！唯愿灵光普万方，荡涤垢滓扬芬芳。虚渺无极，圣洁神秘，灵光常仰望！

仰碧空明明，朗月悬太清。瞰下界暗暗，世路多愁叹！唯愿灵光普万方，拔除痛苦散清凉。虚渺无极，圣洁神秘，灵光常仰望！

晚　钟

大地沉沉落日眠，平墟漠漠晚烟残。幽鸟不鸣暮色起，万籁俱寂丛林寒。浩荡飘风起天杪，摇曳钟声出尘表。绵绵灵响彻心弦，眇眇思凝冥杳。众生病苦谁扶持？尘网颠倒泥涂污。唯神悯恤敷大德，拯吾罪过成正觉。誓心稽首永皈依，瞑瞑入定陈虔祈。倏忽光明烛太虚，云端仿佛天门破。庄严七宝迷氤氲，瑶华翠羽垂缤纷。浴灵光兮朝圣真，拜手承神恩！仰天衢兮瞻慈云，忽现忽若隐隐。钟声沉暮天，神恩永存在。神之恩，大无外。

清　凉

清凉月，月到天心，光明殊皎洁。今唱清凉歌，心地光明一笑呵。

清凉风，凉风解愠，暑气已无踪。今唱清凉歌，热恼消除万物和。

清凉水，清水一渠，涤荡诸污秽。今唱清凉歌，身心无垢乐如何。

清凉，清凉，无上究竟真常。

山　色

近观山色苍然青，其色如蓝。远观山色郁然翠，如蓝成靛。山色非变，山色如故，目力有长短。自近渐远，易青为翠；自远渐近，易翠为青。时常更换，是由缘会。幻相现前，非唯翠幻，而青亦幻。是幻，是幻，万法皆然。

花　香

庭中百合花开。昼有香，香淡如；入夜来，香乃烈。鼻观是一，何以昼夜浓淡有殊别？白昼众喧动，纷纷俗务萦。目视色，耳听声，鼻观之力，分于耳目丧其灵。心清闻妙香，"用志不分，乃凝于神"。古训好参详。

世　梦

却来观世间，犹如梦中事。人生自少而壮，自壮而老，自老而死。俄入胞胎，俄出胞胎，又入又出无穷已。生不知来，死不知去，蒙蒙然，冥冥然，千生万劫不自知，非真梦欤？枕上片时春梦中，行尽江南数千里。今贪名利，梯山航海，岂必枕上尔！庄生梦蝴蝶，孔子梦周公，梦时固是梦，醒来何非梦？扩大劫来，一时一刻皆梦中。破尽无明，大觉能仁，如是乃为梦醒汉，如是乃名无上尊。

观　心

世间学问，义理浅，头绪多，似易而反难。出世学问，义理深，线索一，虽难而似易。线索为何？现前一念，心性应寻觅。试观心性：在内欤，在外欤，在中间欤？过去欤，现在欤，或未来欤？长短、方圆欤？赤白、青黄欤？觅心了不可得，便悟自性真常。是应直下信入，未可错下承当。试观心性：内外、中间，过去、现在、未来，长短、方圆，赤白、青黄。

厦门市第一届运动大会会歌

禾山苍苍，鹭水荡荡，国旗遍飘扬。健儿身手，各献所长，大家图自强。你看那，外来敌，多么狡猾！请大家想想，请大家想想，切勿再彷徨！请大家，在领袖领导之下，把国事担当。到那时，饮黄龙，为民族争光！到那时，饮黄龙，为民族争光！

爱

爱河万年终不涸，来无源头去无谷。滔滔圣贤与英雄，天地毁时无终穷。

愿我爱国家，愿国家爱我；愿国家爱我，灵魂不死者我。

化　身

化身恒河沙数，发大音声。尔时千佛出世，瑞霭氤氲。欢喜欢喜人天，梦醒兮不知年。翻倒四大海水，众生皆仙。

男　儿

男儿自有千古，莫等闲觑。孔佛耶回精谊，道毋陂岐。

发大愿作教皇，我当炉冶群贤。功被星球十方，赞无数年。

婚姻祝辞

《诗》三百，《关雎》第一，伦理重婚姻。夫妇制定家族成，进化首人群。

天演界，雌雄淘汰，权力要平分。遮莫说男尊女卑，同是一般国民。

追悼李节母之哀辞

松柏兮翠蕤，凉风生德闱。母胡弃儿辈，长逝竟不归！

儿寒复谁恤？儿饥复谁思？哀哀复哀哀，魂兮归乎来！